ワンバイエイト
1×
経験値1で
ベルアップする俺は、
最速で
に
りました!
2
Yutaka Matsuyama
著 マツヤマユタカ
絵 藍飴

ギャレット
アリアスの護衛隊の隊長。
アリアス
アルデバラン王国の王女。現在は逃亡の身。治癒魔法を使う。
メルア
アリアスの侍女。カズマとは少しずつ距離が縮まっており……
カズマ・ナカミチ
本編の主人公。トラックに轢かれ、気づけば異世界にいた。あらゆるスキルが経験値1でレベルアップする。

カイゼル
帝国軍最強と謳われるグリンワルド師団の長《おさ》。
ソウザ
カイゼルの部下。黒《こく》蛇《じゃ》隊《たい》を率いる。
ガッソ
アルフレッドのお目付け役。
アルフレッド
バーン商会当主の息子。
登場人物紹介
CHARACTERS

第一章　追っ手？

僕――カズマ・ナカミチはトラックに轢《ひ》かれ、気づくと異世界にいた。最初は戸惑《とまど》ったけれど、何をやってもあらゆるスキルのレベルが経験値1で上がるため、しばらくは楽しいサバイバル生活を楽しんでいた。

しかし、あるとき国を追われたアルデバラン王国の王女アリアスたちと出会ったことで、状況は一変する。

なりゆきからオルダナ王国に向かう彼女たちの護衛に加わったのだが、追っ手であるベルガン帝国のグリンワルド師団は強かった。僕は激戦の中で凄《すさ》まじい勢いでレベルアップを遂《と》げ、どうにかグリンワルド師団のトップ、カイゼルを退けた。

窮地《きゅうち》は脱したものの、敵の追撃は続いている。この危険な旅はまだ終わっていない――

「街だ！　街が見えまするぞ！」

今にも地平線に夕日が沈みそうなとき、馬車を操る護衛隊長のギャレットが、荷台にいる僕らに振り返って叫《さけ》んだ。

「えっ!?　……街？　……街？」

うとうとしていた僕は、その声で飛び起きた。

そして寝ぼけたまま、前方を確かめる。

「あ……本当だ。街が……それも結構大きな街だ。よかった。夜になる前に街に入れて」

すると、傍《かたわ》らにいたアリアスが口を開いた。

「ええ、本当によかったわ。それにしてもかなり大きな街だわ。なんていう街なのかしら？」

「ダーラムの街だと思います」

答えたのは、侍女のメルアだった。

「ダーラム。聞いたことがあるわ。確か商業が盛んだとか」

「かなりにぎわった街ですよ」

「そう。それにしてもよくわかったわね」

「わたしはこのあたりの出身ですから」

アリアスはメルアの言葉を聞いてうなずいた。

「そうだったわね。じゃあ、ダーラムの街にも行ったことが？」

「ええ。でも、幼い頃に何度か行ったことがあるだけなんです」

「そう。なら、久しぶりになるわね」

「はい」

メルアは笑顔で答えた。

とにかく街が見えて助かった。このまま馬車の中で夜を迎えるのは辛《つら》い。

それに、怪我《けが》をした護衛隊員の二人もずっと馬車に揺《ゆ》られて辛《つら》そうだった。

でもこれで今夜は、宿屋の暖かいベッドで寝られそうだ。

僕は期待に胸を膨《ふく》らませて、馬車の行く手の大きく明るい灯りをいつまでも眺《なが》め続ける。

「本当に賑《にぎ》やかなんだね？」

興奮気味《ぎみ》に、メルアへ問いかけた。

彼女はほんのりと頬《ほお》を赤らめ、可愛《かわい》らしい笑みを浮かべる。

「このあたりでは一番栄えている街ですから」

僕はうなずき、再び人通りが多い街並みを見た。

そこへ、ギャレットが手綱《たづな》を握ったままアリアスに言った。

「目の前にかなり大きな宿屋があります。そこでよろしいでしょうか？」

「ええ。そこにしましょう」

アリアスの返答にギャレットは「承知いたしました」と応じる。

僕はその大きな宿屋に目をやりながら、アリアスに言った。

「本当に大きな宿屋だね」

「ええ。ここなら安心できそう」

「大きいと安心？」

「そうね。大きければ大きいほど、人に紛《まぎ》れ込むことができると思うの」

「そうか。目立たなくなるもんね」

「だから、ギャレットもこのダーラムの街で一番大きい宿屋を探していたと思うわ」

やがて、馬車がゆっくりと速度を落とし、ついに止まった。

「到着いたしました」

ギャレットが振り向き、手綱《たづな》を降ろした。

「ご苦労様。さあ参りましょう」

アリアスの言葉を受け、メルアがさっと腰を上げると、可愛《かわい》らしい笑顔を振りまいた。

「では、わたしが宿泊の手続きをして参ります」

「お願い」

メルアはアリアスに一礼してから、馬車を降りた。

僕はなぜかメルアのことが気になって目で追い続ける。彼女はギャレットから木でできた板を受け取ってから、宿屋へ向かった。

「部屋が取れるといいね」

僕はアリアスに言った。

「ええ、そうね。もしここが取れなかったら、また探さないといけないし……そうなると困るわね」

「うん。来る途中にもいくつか宿屋はあったけど、ここことは違ってだいぶ小さかった」

「そうね。ここほど大きな宿屋は見当たらなかったわね」

すると、メルアが弾けるような笑顔とともに、勢いよく駆けてきた。

「取れました！」

「本当！　よかった！」

僕は思わず叫《さけ》んだ。

アリアスも喜んでいる。

そこへ、宿屋の者たちがわらわらと大勢で、僕たちを迎えに来た。

先頭の人が深々と頭《こうべ》を垂《た》れる。

「ようこそお越しいただきました。わたくしは、番頭でございます。何やらお怪我《けが》をされた方がいらっしゃるとお聞きしました。よろしければ、我々で運ばせていただきます」

アリアスがうなずいた。

「ええ。よろしくお願いいたします」

「かしこまりました。それでは、皆様はどうぞこちらへお越しください」

僕たちは、アリアスを先頭に次々と馬車を降りて、番頭に従い宿屋へ入っていった。

「世に名高きバーン商会の皆様をお迎えできまして、我々一同大変光栄にございます」

歩きながら時々振り返っていた番頭が言う。

バーン商会？　ああ、そういえば、最初のマリーザの町でベルガン兵に呼び止められたときも、その名を使っていたな。確かオルダナ王国一の大商会とか言っていたような……そんなバーン商会を、かりそめに名乗っているってことか。

僕らはえらく腰の低い番頭に連れられ、とても豪華な部屋へと通された。

「立派な部屋だなあ……」

僕が思わずつぶやくと、番頭が嬉しそうにする。

「それはもう、バーン商会のご当主であられるお方の大事な大事なお嬢様を、粗末な部屋にお通しするわけには参りません。当宿で一番の部屋をご用意させていただきました」

番頭は最後に、ちらりとアリアスを見る。

それに気づいたアリアスがにこりと笑う。

「気に入りました。ありがとう」

「お気に召したようで何よりです。それでは皆様、ごゆるりとお過ごしください」

番頭は深々と頭を下げると、静かに部屋を去っていった。

番頭が出ていくのを確認してから、僕はたまらずアリアスに尋《たず》ねた。

「バーン商会の当主の娘ってことになっているの？」

「ええ。そうらしいわ」

アリアスはこともなげに答えた。

ギャレットもうなずき、懐《ふところ》から木でできた板のようなものを出した。

僕はそれを覗《のぞ》き込んだ。

「それって、さっきメルアに渡していた板ですよね？　何なんですか？」

「これは、いわゆる身分証明書だ。バーン商会当主の娘であることを証明するもの、というわけだ」

「なるほど。でも、どうしてバーン商会なんですか？」

「殿下は物腰や言葉遣いなどからして、庶民とは明らかに違う。ゆえに、それ相応の格式のある仮の名が必要となるのだ」

「それが、バーン商会当主のお嬢様ってことなんですね」

ギャレットは笑みを浮かべた。

「うむ。バーン商会ならばかなりの格式があるし、何よりアルデバラン王国にいても不思議はない。何せ商会だからな。様々な国を行き来していて当たり前だ」

その後、僕たちは、しばらく部屋でぼ〜っとしていた。

ここまでの厳しい道程に、皆、疲れ果てていたのだ。

なお、怪我《けが》をした護衛隊員たちは、別部屋で宿屋の者が二十四時間体制で看病してくれている。

しかも、治癒《ちゆ》魔法の上級者がいるらしく、かなりよくなっているらしい。

やがて、部屋の扉がノックされ、見たこともない豪華な料理が運ばれてきた。

僕は目をキラキラさせて、それらの料理を見つめた。

すると隣にちょこんと座ったメルアが、僕の顔を覗《のぞ》き込み、くすりと笑う。

「お腹空《す》いてた？」

僕は悪びれることもなく答えた。

「うん！　腹ペコだよ！」

メルアは可愛《かわい》らしくさらに笑った。

「わたしもよ。さあ、いただきましょう」

「うん！」

そうして僕は豪勢な料理に舌鼓《したつづみ》を打ちつつ、優雅な時を過ごした。


「はぁ〜、お腹いっぱいだ〜」

僕は大きくなったお腹をさすりながら、笑顔になる。

対面に座るアリアスも笑みを浮かべた。

「満足した？」

「もちろんだよ」

僕の答えに皆が笑顔となった。

だがそのときだった。

ほのぼのとした雰囲気《ふんいき》を一変させる闖入者《ちんにゅうしゃ》が現れた。

「ここかっ！」

野太い男の声とともに、ドタドタと荒々しい足音が廊下に響いてくる。

僕たちが咄嗟《とっさ》に身構えると、扉が開いて、大勢の武骨そうな男たちが姿を現した。

「おやめください！　そのようなご無体《むたい》なこと！　どうか！　どうか！　お客様！」

先ほどの番頭が、男たちをなんとか止めようとする。

しかし、男たちは薄ら笑いを浮かべるだけで、びくともしない。

結局番頭は、部屋から叩《たた》き出されてしまった。

そして、その中の一人が、ずいっと前に一歩進み出た。

「おい、お前たち、バーン商会の者らしいな？」

「ええ、そうよ」

アリアスがすっと立ち上がって答えた。

男たちが野太い声で笑った。

「失礼よ。笑うのをやめさせなさい」

アリアスの言葉を受け、先頭の無骨な男が右手をすっと上げると、見事に男たちの笑い声がやんだ。

「すまなかったな。あっしはガッソという者だが、あんたは？」

「ロザリア・バーンよ」

アリアスが毅然と名乗る。

だが、ガッソはニヤリと笑った。

「それじゃあ、バーン商会当主のご令嬢っていうのはあんたかい？」

僕は腰を上げて身構えつつ、この男たちについて考えた。

バーン商会というのは、誰でも知っているような大商会らしい。

となれば、その当主の娘にはそれ相応の価値があることになる。

つまり、この男たちの目的は、身代金目当ての誘拐なんじゃないだろうか？

僕はそう確信し、蒼龍槍《そうりゅうそう》が立てかけてある部屋の隅《すみ》に向かって、静かに移動を始めた。

しかし——

「動くんじゃねえぜ、小僧《こぞう》」

ガッソがギロリと僕を睨《にら》みつけた。

僕は仕方なく動きを止めた。

そこへ、ギャレットが腰の剣に手をかけた。

「貴様ら、お嬢様になんの用だ！」

ガッソは口の端を歪《ゆが》めた。

「お嬢様ねえ……そいつは本当かねえ？」

「失礼だぞ！　お嬢様を疑うか！」

ギャレットの反発に、ガッソがさらに口の端を歪《ゆが》める。

「確かにあんたの所作なんかを見れば、どこぞのご令嬢なんだろうとは思うさ。だがバーン商会のご令嬢のはずがない。あっしはねえ、ロザリアお嬢様を幼少の頃からよ～く見知っているんだよ」

知っているのか！　ロザリア・バーンを！

僕が思わずアリアスを見ると、その顔は青ざめていた。

代わりに、ギャレットが一歩前に出た。

「ふん！　お前のごとき武骨者が、バーン商会ご令嬢の顔を見知っていると？　嘘をつけ」

ガッソは鼻を鳴らした。

「人を見かけで判断しなさんな。こう見えてもあっしは、商会の中でも結構偉い方なんだぜ」

「なに⁉　貴様、バーン商会の者なのか？」

「ああ、そうさ。ほれ」

ガッソは懐《ふところ》から身分証明書を取り出した。

ギャレットは事ここに至っても、まだ意気軒昂《いきけんこう》だった。

「ふん！　こんなもの。それにお前のような男がバーン商会で高い地位にいるなど到底信じられん」

だが、対するガッソも余裕の表情だった。

「あっしは若い頃、現当主とパーティーを組んでいたのさ。だから、お嬢もよく知っているのさ」

ぐっ！　……これは……本当にまずいんじゃ……

さすがのギャレットも声が出なくなっていた。

ガッソは勝負ありと見たらしい。

「さて、どういう料簡《りょうけん》でロザリア・バーンの名を騙《かた》ったか、教えてもらおうじゃねえか！」

ドスを利かせて凄《すご》んだ。

しかし、ギャレットが額に汗を浮き上がらせながらも、ガッソを睨《にら》んだ。

「いいや！　違う。お前の言っていることは嘘だ」

ガッソがゆっくりと首をひねった。

「はあ？　何を今更言ってやがる」

「お前がなんと言おうが、こちらの御方はロザリア・バーン様その人である！」

すると、ガッソが右眉《みぎまゆ》をピクリと跳《は》ね上げた。

「おいおい、しらを切るつもりか？」

「しらを切るもくそもない。こちらのお方はロザリア・バーン様ご本人なのだからな」

ガッソは腕を組んで何度かうなずくと、ぐいっと前に出て再び凄《すご》んだ。

「だったら、その証拠を見せてもらおうか！」

「いいだろう。これだ」

ギャレットは懐《ふところ》から、あの木の証明書を取り出した。

「これこそ、こちらにおわすお方がロザリア・バーン様という証拠だ」

ガッソは証明書を覗《のぞ》き込み、鼻で笑った。

「へえ、よくできていやがる。こいつはなかなかのもんだぜ。でもな……」

ガッソは証明書のとある部分を指さした。

「ここに赤い線がねえ」

ギャレットが眉根《まゆね》を寄せた。ガッソはにやりと笑う。

「あのな、本物だったらここんところに斜めの赤い線が入ってなきゃいけねえんだよ」

ギャレットの額の汗が、床に流れ落ちた。声が出ない。追い詰められた。

だがそのとき、ガッソの後ろから声がした。

「まあ待て、ガッソ」

男たちをかきわけ、声の主が姿を現した。

「ちょっと話を聞こうじゃねえか」

男は長身の偉丈夫《いじょうふ》だった。とても若く、浅黒いよく焼けた肌《はだ》をしていた。そして何より、なかなかの美男子といっていい容貌《ようぼう》であった。

男はガッソの前に出て言った。

「俺はアルフレッドだ。おっさん、あんたは？」

「……ギャレットだ」

ギャレットは、アルフレッドを品定めするような視線を向けつつ答えた。

「そうかい、ギャレットね。で、そっちの小僧《こぞう》……お前は？」

「僕か？　僕はカズマだ」

僕は男たちに舐《な》められないよう、肩をそびやかして答えた。

アルフレッドは、なぜか僕をぎろりと睨《にら》みつけた。

僕は、やはり舐《な》められないよう睨《にら》み返した。

すると、アルフレッドが言った。

「お前、強いな……それも相当だ」

男たちが驚き、ざわめいた。そして皆、口々に『若』と言う。

若？　……若というと……もしかして……

アルフレッドは軽く舌打ちをして、男たちを振り返った。

男たちはやっちまったという感じで、顔をひきつらせた。

アルフレッドはそれを見て「しょうがねえ野郎どもだ」とつぶやくと、肩をすくめた。

そして、こちらに向き直り、あらためて自己紹介をする。

「俺の名はアルフレッド・バーン。お察しのとおりバーン商会当主の長男で、ロザリアの兄さ」

続けて、アルフレッドは男たちに振り返る。

「まったく、お前らのせいで早々にばれちまったじゃねえか」

「すみません、若。あっしが後で言って聞かせますんで、ここは一つ……」

ガッソが男たちを代表して謝罪した。

「ああ、わかったよ」

アルフレッドはそれだけ言うと、再び僕たちを見る。

「さて、何か言うことはあるか？」

当主の長男……ロザリアの兄……ダメだ。もう言い逃れはできない。

僕は一歩進み出た。

「僕たちがロザリアさんの名前を騙《かた》ったことはすみません。ただ、事情があるんです」

ギャレットがギョッとした顔をした。

だが、僕は構わず続ける。

「でも、その事情は話せないんです。すみません！」

僕はそう言って頭を下げた。

それに対し、アルフレッドが愉快そうに呵呵《かか》大笑《たいしょう》した。

「面白いことを言うじゃねえか、お前。事情があるけど、その事情は話せないって言ったか？」

「はい、そうです」

「俺の妹の名を騙《かた》っているにもかかわらずか？」

「はい。そうなんです」

「いやいや、そうなんですじゃねえだろうが。こっちは勝手に妹の名を騙《かた》られて頭に来てんだぜ？」

「はい。ですから、そのことについては謝罪します。申し訳ありませんでした」

僕が再び深々と頭を下げると、アルフレッドは吹き出した。そして、振り向いて男たちを見る。

「ふっ……こいつは傑作だ。なあ？　そう思わねえか？」

男たちは当然のことながらアルフレッドに同調する。

「ふざけたこと言ってんじゃねえぞコラ！」「馬鹿にしてんのか！　ぶち殺すぞ！」などなど――

だが、僕はひるまなかった。

「なんと言われても、僕たちにできるのは謝罪することだけです！　どうか許してください！」

男たちはまた口々に暴言を吐《は》くも、アルフレッドがサッと右手を上げて制した。

凄《すご》い統率力だな。それに、男たちもただの武骨者ってわけじゃない。

僕がそう思っていると、アルフレッドが腕組みをして考え込んだ。

「……謝るだけだって言われてもな……」

「はい。でも、僕たちにはそれしかできません」

「ちょっとくらい事情は話せないのか？」

「ちょっともダメです」

「……あのなあ、立場が逆転しているようで、俺は面白くないんだが？」

「……そうですか？　僕には言っている意味がよくわかりませんが」

「いや、明らかにお前の方が強気に出てるだろ。謝罪砲の一点張りで」

「謝罪砲……ですか？」

「そうだよ。そいつをさっきからずっとぶっ放《ぱな》しまくってるだろうが」

「そうかもしれませんが、僕には謝罪することしかできないので」

「そう、それ！　それだよ。とにかく謝罪の一点張りで一歩も引かねえじゃねえか」

「それしかできないので」

「だからそれもだよ。お前、自分が強いからって、俺のこと舐《な》めてねえか？」

「そんなことはありません。舐《な》めてなんかいません」

「そうか？　お前、さっきも見てたが、あそこに立てかけてある槍を取りに行こうとしていたよな？」

アルフレッドはそう言って、部屋の隅《すみ》にある蒼龍槍を指さした。

「そのときは、みなさんがバーン商会の方たちだとは思わず、暴漢か何かだと思ったので」

「で、暴漢だったら倒しちまおうとしたってわけか」

「はい」

「はい……ね」

アルフレッドは一度後ろを振り返るもすぐに向き直り、片眉《かたまゆ》をピンと跳《は》ね上げて言う。

「お前、俺たち全員を相手にしても勝てると思ってるだろ？」

男たちは、またも大きくざわめいた。

アルフレッドは僕が答える前に後ろを振り返った。

「うるせえよ！　見てわかんないのか、お前ら。こいつは……めちゃくちゃ強えぜ」

驚く男たちの中で、ガッソだけはうなずいていた。

「そうですね、若。ですが……この小僧《こぞう》も、少々我々を見くびっているとは思いませんか？」

アルフレッドは首を縦に振った。

「ああ、俺もそう思うぜ。どうもこの小僧《こぞう》、さっきから俺たちを舐《な》めくさってやがる。だからよう、ここは一つ……勝負と行こうじゃねえか！」

「勝負？」

僕が鸚鵡返《おうむがえ》しをすると、アルフレッドがニヤリと笑みを浮かべた。

「決まってんだろ。殴《なぐ》り合いだよ」

「えっ！　殴《なぐ》り合い？」

「当然だろう。剣だの槍だので殺し合いなんていうのは無粋《ぶすい》だからな。ここは一つ、拳で語り合おうじゃねえか」

え～と、展開が飲み込めないんですけど……

だがアルフレッドは、僕が戸惑《とまど》っているのもお構いなしであった。

「そういうわけだから、さっさと表に出な」

すると、今までじっと黙っていたアリアスが、憤然として言った。

「ちょっとお待ちなさい！　あなたは何を言っているのですか！」

「うるせえな。女は黙ってろよ」

アルフレッドが、さも面倒くさそうに答える。

これに、アリアスが烈火のごとく怒った。

「なんですって！　女は黙ってろと言ったのかしら？　だとしたら前時代的にもほどがあるわ！　それに殴《なぐ》り合いですって？　なんて野蛮《やばん》な人なのかしら！」

罵《のの》られたアルフレッドは、まるで怯《ひる》むことなく、ニヤニヤしながら一歩前に出た。

だが勝気なアリアスも同じように前に進み出る。両者は至近距離で睨《にら》み合う格好《かっこう》となった。

心配したギャレットが、すかさず両者の間に割って入ろうとする。

「お嬢様、どうかお下がりを」

しかし、アルフレッドはアリアスは右手を上げてギャレットを制した。

アルフレッドはその様子を見つつ、さらにニヤニヤしながら言う。

「野蛮《やばん》で何が悪い」

アリアスは目を吊り上げて、憤然とした表情を見せた。

「もっと文明的にすべきだわ」

「文明的ねえ……そいつはもしかして、こういうことか？」

アルフレッドは突然アリアスの顎《あご》をグイッと掴《つか》み、唇《くちびる》を自身のそれと重ねた。

「！」

アリアスは反射的にアルフレッドを突き飛ばした。

「貴っ様ーーー！」

怒りに我を忘れたギャレットが、腰の剣を抜き放ってアルフレッドに斬りつけようとする。

ガッソは瞬時に踏み込み、ギャレットが剣を抜く前にその手を押さえた。

「ぐっ！　貴様、離せっ！」

ガッソはがっちりとギャレットの両手を押さえつつ、かなり申し訳なさそうな顔を作った。

「すまねえが、そいつはできねえ相談だ」

僕はその間、ただぼーっとしていた。今起こった状況が理解できなかったのだ。

だが、アリアスが自らの口を押さえてうずくまっている姿が目に入った。

そのときだった。

僕の感情に火がついた。

僕は一歩前にずいっと進み出ると、アルフレッドを睨《にら》みつけた。

「アルフレッドさん！　表に出てください！」

アルフレッドはにやりと笑い、顎《あご》を上げた。

「へえ、ようやくやる気になったか」

気圧《けお》されないよう、僕も顎《あご》を上げた。

「ええ！　だからとっとと外に出てください！　それがあなたの望みでしょう！」

「おうよ、そうこなくっちゃな」

アルフレッドはそう言うと、さっと踵《きびす》を返して部屋を出ていく。

僕はその後をしっかりした足取りで追いかけた。


「ここらでいいだろう」

アルフレッドがあたりを見回しながら言った。

ここは宿屋の近くにある公園だった。

公園は広く、時間も遅いため、人影はまったく見えない。

「都合よく誰もいないようだ。つまりは、思いっきり殴《なぐ》り合いができるってわけだ」

アルフレッドはにやりと笑った。

同時に、後ろに控《ひか》える配下の者たちも笑った。

僕はすでに臨戦態勢となっており、いつでも殴《なぐ》りかかる準備ができていた。

そんな僕に、セコンドのようについたギャレットが言った。

「よいか！　あの若造をボッコボコにしてやれ！　泣こうがわめこうが構いやしない！　徹底的にぶちのめせ！　このわたしが全面的に許すっ！」

僕は大きくうなずいた。

「どうやら準備万端って感じだな。それじゃあ、やるか！」

僕の様子を見て取ったアルフレッドの言葉に、僕は首を縦に振る。

すると、アルフレッドがゆっくりと僕に向かって歩いてきた。

その足取りは、今から喧嘩《けんか》をする相手に対してにじりよるようなものではなかった。

ただ普通に歩いているだけに見えた。

だから、僕はそこで初めて警戒した。

只者《ただもの》じゃない。あんな風に無防備に歩いてくるなんて、よほど自信がある証拠だ。

それに、身体にブレが一切ない。足取りが驚くほどスムーズだった。

つまり、身体のバランスが見事に取れているということだ。

僕は最大限に警戒しつつも、手をこまねいていられるほど悠長な気分ではない。

一発殴《なぐ》りたい。

僕はぐっと腰を落とすと、後ろに引いていた右足に力を込めた。

そして大地を力強く蹴ると、前へ向かって猛然と跳《と》び出した。

それでも、アルフレッドは一向に慌《あわ》てる素振《そぶ》りを見せない。

僕は右腕を思いっきり引き、力を溜《た》めてから、上半身をねじって渾身《こんしん》の右ストレートを繰《く》り出した。

僕の右拳がアルフレッドの顔面めがけて飛んでいく。

しかし、当たると思った瞬間、アルフレッドの顔が消え失せた。

僕は慌《あわ》ててアルフレッドを探す。

アルフレッドは身をかがめて避けたのだ。

さらに、そこから全身の力を使って、右拳を突き上げてきた。

強烈なアッパーが僕の顎《あご》に襲いくる！

僕は必死に身体をよじって躱《かわ》した。

そして一旦《いったん》距離を取ろうと、両足に力を込めて跳《と》んだ。

瞬時に五メートルほど離れたが……え？　……え？　僕の視界がぐらついている。視点がまったく定まらない。まずい、倒れそうだ。いや……倒れる。

僕はガクンと両膝をついた。

だがそれだけでは身体を安定させられず、両手を地面につけることでかろうじて安定を保つ。

僕は四《よ》つん這《ば》いになり、頭を何度も振って正気を取り戻そうとした。

そうか、アルフレッドのパンチが顎《あご》にかすっていたのか。

脳震盪《のうしんとう》を起こしてしまったようだ。

やられた。猛烈な吐《は》き気が襲ってくる。

だが、ここで吐《は》くわけにはいかないとぐっと堪《こら》えた。

そして、僕をこんな目に遭《あ》わせた男の顔を見た。

男は月明かりの下で自信たっぷりに立ち、傲然《ごうぜん》と肩をそびやかしていた。

「どうした？　まさかそれで終わりじゃないだろうな？」

僕は大きく一度深呼吸すると、ゆっくりと立ち上がり、アルフレッドの顔を睨《にら》みつけた。

「当たり前だ！　勝負はこれからだ！」

なぜか、アルフレッドは軽く首を傾《かし》げた。

「それにしても、妙なやつだな」

僕の頭はまだ揺《ゆ》れている。そのため、時間稼《かせ》ぎになるかもと思い、話に乗った。

「妙なやつって……何が」

アルフレッドは、僕の頭のてっぺんからつま先までをじっくりと見ている。

「さっきの踏み込み、あれは凄《すご》かった。さすがの俺も少し慌《あわ》てたくらいだ。やっぱり俺の目に狂いはなかったと思ったぜ。だがあの殴《なぐ》り方は何なんだ？　フォームが滅茶苦茶《めちゃくちゃ》で、腰は入ってないわ、腕の振りはヘロヘロだわで、ガッカリだったぜ？」

僕が何も言えないでいると、アルフレッドはさらに続ける。

「そうだな……まるで、今まで殴《なぐ》り合いの喧嘩《けんか》をしたことがないやつの殴《なぐ》り方だったぜ」

アルフレッドは自らの顎《あご》を撫《な》でつつ、何やら満足げにうんうんとうなずく。

「お前、もしかして、本当に殴《なぐ》り合いの喧嘩《けんか》ってしたことないんじゃないのか？」

確かに、僕はこれまで人を殴《なぐ》ったことがない。だからかもしれない。

「殴《なぐ》る気あんのかっていうくらい、みっともない殴《なぐ》り方だったぜ？　お前、本当にやる気あんのか？」

「やる気はある！　ただ、人を殴《なぐ》ったことはない！」

僕はそこでようやくめまいが治まったため、言い返した。

「やっぱりか……だったら、なんで殴《なぐ》り合い勝負を受けたんだよ」

それは、やっぱりこれまでの戦いで自信をつけたからかな。

剣や槍であれだけ戦えたんだから、殴《なぐ》り合いも問題ないと思ったんだけど……

「そのうち慣れる！　続けよう！」

しかし、アルフレッドは眉尻《まゆじり》を跳《は》ね上げた。

「はあ～？　あのなあ、人を殴《なぐ》ったことがないやつ相手に殴《なぐ》り合いなんてできねえよ」

「嫌だ」

僕は正直に言った。

アルフレッドは呆《あき》れ返った顔をする。

「なんだあ～？　嫌だじゃねえだろうが！　お前、人殴《なぐ》ったことないんだろ？」

「人を殴《なぐ》ったことはない。でも斬ったことはある」

アルフレッドは、今度は眉根《まゆね》を寄せた。

「お前、人を殴《なぐ》ったこともないくせに、斬ったことはあるのかよ」

「そうだ。だから、殴《なぐ》るのも慣れる！」

僕にはレベルアップ能力がある。だからこのままいけば、必ずレベルアップするはずなんだ！

だが、アルフレッドはもうやる気がなさそうであった。

「慣れるとか言われても、こっちにそこまで付き合う気はねぇよ。まったく、しらけちまったぜ」

そう言って、プイッと横を向いて歩き出してしまった。

「ちょっと待った！　まだ勝負は終わっていないって言ったでしょ！」

「お前にやる気があっても、こっちにはねえよ。喧嘩《けんか》ってのは一人じゃできねえんだ。悪いな」

アルフレッドは手をひらひらさせる。

だが、僕は駆け出し、彼の行く手を遮《さえぎ》った。

「まだだ。勝負はこれからだ！」

アルフレッドは、軽く舌打ちをした。

「仕方ねえから相手してやるよ。だが、お前が慣れる前にぶちのめす。それでもいいな？」

僕はうなずく。

「それで構わない。何があろうと、僕は絶対にあなたを殴《なぐ》るから！」

「面白ぇ、あとで吠《ほ》え面《づら》かくなよ」

アルフレッドは左肩を前に出して半身《はんみ》に構えると、軽くステップを踏む。

僕は先ほどと同じ失敗を繰《く》り返さないように、頭の中で殴《なぐ》り方について考えなきゃと思った。

そういえば……握り拳を作り、脇を締《し》めて内側にねじり込むようにして、打つべし！　だったかな？

僕は前に偶然見たテレビアニメのワンシーンを思い起こしていた。

とりあえずやってみようと、まずは握り拳をギュッと固く握り込んだ。

次に、脇をしっかりと強く締《し》めた。

よし！　あとは内側にねじり込むように打つだけだ。

僕は目標のアルフレッドを睨《にら》みつけ、ジリジリと近づいていく。

僕の構えを見たアルフレッドが、たまらずといった様子で口を開いた。

「握り拳を作るのが早いな。殴《なぐ》る前は軽く握って、相手に当たる瞬間にギュッと握り込むんだよ」

そうなのかな？　確かにアニメでも、そんなことを言っていたような気がする。

僕は言われた通りに、握りを甘くした。

だが、アルフレッドは深いため息をついた。

「おい、握り拳だけじゃなく、肩の力も抜けよ。ていうか、全身の力を一旦《いったん》抜けって」

確かに、気負いすぎて身体全体に力が入っているようだ。

これじゃあ、上手く動けないな。

僕はまたも言われた通りに、全身の力を抜いた。

そしてゆっくりと力を入れずに、自然な形で構えを取った。

すると、アルフレッドが左手を前に出し、クイックイッと僕を招くような仕草をした。

「まあ、ちぃと不恰好《ぶかっこう》だが、一応形は整ったみたいだし、相手してやるぜ」

そうか。不恰好《ぶかっこう》だけど、悪くない構えか……

なんか僕、さっきから色々と教えてもらっているような……

もしかして、そんなに悪い人じゃないのかも……

しかしそのとき、アルフレッドがアリアスにした行為がフラッシュバックした。

僕は思わず、顔を横にブルブルッと何度も思い切り振った。

ダメだ！　この人は良い人なんかじゃない！

僕の行動を見ていたアルフレッドが、またも呆《あき》れ顔をする。

「お前、情緒不安定かなんかか？　だったらやっぱりやめとくか？」

「大丈夫！　そんなんじゃないから！」

僕はすかさず言った。

アルフレッドは軽く肩をすくめた。

「なら、いつでもかかってこいよ。だが、さっきも言ったが、拳に力を込めるのは最後の瞬間だぜ」

僕は、半身《はんみ》で身構えるアルフレッドに、静かに近づいていく。

そして、ついに間合いに入った瞬間——僕は力を抜いた状態で拳を前へと突き出した。

ビュッという、先ほどは鳴らなかった鋭い風切り音がした。

いける！

僕はアルフレッドの顔面めがけて突き出した拳を、当たる直前に力強く握り締《し》めた。

当たれ！

だがこの瞬間、またもアルフレッドが視界から消え失せた。

そして次の瞬間、僕は無様《ぶざま》にも地面に這《は》いつくばっていた。

「……あ……痛て……」

僕は口の端が切れていることに気づいた。

しかし、何よりも目の前に広がる満天の星に驚いた。

「……空……あ、そうか……また……」

僕は身体にはあまりダメージがないことに気づき、上半身を起こした。

すると、目の前には呆《あき》れた様子のアルフレッドが立っていた。

「やっぱりお前、ちぐはぐだな」

「ちぐはぐ？」

僕が問い返すと、アルフレッドは大きくうなずいた。

「お前は驚異的な身体能力を持っていながら、二つだけ、極端にダメなところがあるんだ」

「極端にダメなことが二つ……それって何？」

「一つはやはり、殴《なぐ》る動作がまったくなってないことだ。ただ、今のはちょっとよかったけどな」

それはレベルアップしたから……かな？

「二つ目は？」

「上下運動にかなり弱い。目もまるでついていってない」

上下運動……確かに、今までの敵で上下に移動する者はあまりいなかったかも。

だから慣れてなくて、目で追えないのか。

「お前、一体何なんだ？　すべてがちぐはぐしていて、こっちの感覚がおかしくなりそうだぜ」

う～ん、そうなのか。僕は異常なくらいに殴《なぐ》ることと、上下運動に弱いのか。

でも、僕のレベルはもう1000を超えているはずだ。

それなのに、個別には全然ダメなところがあるっていうのは、なんか不思議だな。

僕はそう思い、自分のステータス画面を開く。

やっぱり、僕自身のレベルは1000を超えている。

僕はページをめくり、殴《なぐ》ることに関した項目を探してみた。

「あった……」

そこには格闘術というスキルがあったが、驚くべきことにレベルはたったの2であった。

その上に記載された槍術レベル313と比べ、あまりにも低かったことに僕は驚いた。

ちなみにその上には剣術レベル144、さらにその上には戦斧術259とあった。

「めちゃめちゃ低い……レベル2って……もしかして今二回殴《なぐ》ったからかな？」

そこへ、僕の行為を黙って見ていたアルフレッドが、我慢しきれなくなったのか口を開いた。

「おいお前、相手を目の前にしてステータス画面なんて開いてんじゃねえよ。基本的にそんなものを相手に見られちゃ、手の内が見透《みす》かされちまうだろうが」

……なるほど。

僕はくるっと後ろを振り返ると、ギャレットに声をかけた。

「ギャレットさん、ちょっとステータス画面を見てもらえますか？」

突然声をかけられて驚いたギャレットが、慌《あわ》てて僕に近づいてきた。

「どうした？　ステータス画面がどうしたって？」

「ここなんですけど……格闘術が2しかなくて……」

ギャレットは僕のステータス画面を覗《のぞ》き込むや、目を剥《む》いてのけぞった。

「なんと！　槍術レベル３１３！　剣術１４４！　戦斧２５９だと！」

ギャレットの声はあまりにも大きすぎて、皆に聞こえてしまった。

誰もがその数値の大きさにざわめいた。

アルフレッドも眉根《まゆね》を寄せて驚いている。

ギャレットはしまったという顔をして、僕に対して目で謝った。

「いや、そこじゃなくて……というか、そこと比べて格闘術が2しかなくて……」

ギャレットは改めて格闘術の項目を見て、再び目を剥《む》いた。

「な、なんじゃこりゃ……いくらなんでもアンバランスというか、なんというか……」

そこへ突然、僕の頭上から声が降ってきた。

「確かにこれは驚きだ。他のスキルレベルの高さも異常だが、格闘術2はさらに異常だぜ」

アルフレッドがいつの間にか音もなく近づき、僕のステータス画面を覗《のぞ》き込んでいた。

「あ、あなたは敵なんですから、覗《のぞ》き込まないでください」

僕は思わず抗議した。

「それ、俺が教えたからだろうが。それにしても、なんていうスキルレベルだ。剣術に槍術、戦斧術は見たこともない数値のくせに、格闘術は2だってよ。そこらの子供でももっとあるだろうにな」

アルフレッドは僕の抗議など意に介さず、笑い出した。

僕はそのことにかなり腹を立てた。ていうか、そもそもこの人は敵だ。

うん？　近いぞ……。この距離なら、格闘術も関係ないんじゃ。

僕はすっと両腕を伸ばすと、腰を上げた。

続いて、僕のステータス画面を覗《のぞ》き込んでいるアルフレッドの顔を両手でむんずと掴《つか》んだ。

「えいっ！」

そして、上半身の力を目いっぱい使い、アルフレッドの顔面めがけて頭突きをした。

ボゴッという聞くだけで痛い音がして、アルフレッドが後ろにのけぞった。

よしっ！　手ごたえありだ！

のけぞったアルフレッドは数歩たたらを踏んだあと、なんとか立ち止まると、身体を倒して前かがみとなった。それから、鼻から噴き出す鮮血を両手で押さえつつ、僕に向かって言った。

「卑怯《ひきょう》だぞ、小僧《こぞう》！」

僕はゆっくりと立ち上がりながら、肩をそびやかして言った。

「戦いの最中に、無防備に覗《のぞ》き込んできたあなたが悪い！」

アルフレッドは、悔《くや》しそうな顔をするが、言葉は出てこないようだ。

鼻血は止まらない。おそらく鼻の骨が折れているのだろう。夥《おびただ》しい量の血が流れ続けている。

アルフレッドを心配したガッソが声をかけた。

「若、大丈夫ですかい？」

「大丈夫に決まっているだろ！　たかが鼻を折られただけだ」

アルフレッドはガッソを見ずに答えた。

「いや、しかし……」

「いいから黙って見ていろ！」

アルフレッドは瞳に怒りの炎を燃やした。

そして鼻血に構わず両手を降ろし、僕に対して構えを取ろうとした。

だが突然、彼の肩が何者かに掴《つか》まれ、強引に振り向かされた。

アルフレッドを動かした者――アリアスは、彼をさらに上回る怒りの炎を瞳に宿して立っていた。

「この痴《し》れ者！　恥を知りなさい！」

アリアスは叫《さけ》ぶや、アルフレッドの鮮血噴き出す鼻をめがけ、怒りの拳を振り上げる。

アルフレッドは動揺していたのか、対処が遅れた。

そのためアリアスの拳は、アルフレッドのすでに折れている鼻に見事命中した。

拳がめり込む音とともに、アルフレッドが再び後方にのけぞる。

そして今度はたたらを踏むこともなく、そのまま後ろに倒れ込んだ。

アルフレッドは地面に大の字に寝そべると、ゆっくりとした動作で鼻を両手で押さえた。

「ざまあないわね！　ふんっ！」

アルフレッドを見下ろすアリアスは、傲然と顎《あご》を上げて言い捨てた。

「参った参った。いくら不意をつかれたとはいえ、まさか俺が女にやられるとはな」

アルフレッドが鼻を右手で押さえたまま、自分を見下ろすアリアスに向かって言った。

「ふんっ！　立ちなさい！　まだまだこんなもんじゃ済まさないわよ！」

アリアスは憤怒の表情で仁王立ちしている。

アルフレッドは腕を立て、少しずつ上半身を起こした。

「そうなのか？　何してくれるんだ？　もしかしてキスのおねだりか？」

この台詞《セリフ》に、アリアスが怒りながらも頬《ほお》を赤らめた。

「な！　な、何を馬鹿なことを！」

アルフレッドが片眉《かたまゆ》をピンと跳《は》ね上げた。

「おいおい、何なんだよその反応は。まさか……初めてだったとか言うんじゃないだろうな？」

すると、アリアスがこれ以上ないというくらい、さらに顔を赤らめて黙りこくった。

アルフレッドはそれを見て、目に見えて動揺した。

「あ、いや、まさかそうとは思わなくてだな……」

アリアスは怒りに身体を震わせている。

僕は、アリアスになんと声をかけていいものかと迷っていた。

と、突然アルフレッドが地面に胡座《あぐら》をかき、両手を膝の上に置いて深々と頭を下げた。

「すまない！　そうとは知らず、申し訳なかった！」

傲慢《ごうまん》そうに見えたアルフレッドが素直に頭を下げたことに驚いた。

それは、アリアスも同じだったらしい。

「今更謝ったたって遅いんだから！」

アルフレッドは申し訳なさそうにする。

「ああ、そうだな。好きにしてくれて構わない。なんなら、さらに何発でも殴《なぐ》ってくれて構わない」

「な、何よそれ！　なんでわたしがそんな野蛮《やばん》なことをしなきゃならないのよ！」

アリアスは眉根《まゆね》を寄せて困ったような顔をした。

「たった今、俺を殴《なぐ》ったのはあんただろ？」

「それとこれとは話が別よ！」

アルフレッドは助けを求めるように、僕の方を振り返った。

「じゃあお前、この娘の代わりに俺を殴《なぐ》ってくれ」

僕はそんなこと言われてもと思い、ちらりとアリアスを見た。

すると、アリアスが慌《あわ》てた。

「ちょっと待ちなさい！　何を勝手に話を進めているのよ！」

「だが、こんなもんじゃ済まさないと言ったのは、あんただぜ？」

アルフレッドは神妙そうな顔のまま言った。

「……もういいわよ。一発殴《なぐ》って少しはスッキリしたし」

ああ言えばこう言うアルフレッドに、アリアスが諦《あきら》めた様子で言った。

すかさずアルフレッドが笑みを見せ、素早く立ち上がった。

「そうか！　許してくれるか！　ありがとうな！」

あまりにも現金な態度に、アリアスが呆《あき》れ顔となった。

そして、大きなため息を一つつく。

「何よ、まったく……困ったやつね」


「あらためて、本当にすまなかった」

僕らは一旦《いったん》宿へと戻ったのだが、アルフレッドは鼻に包帯を巻き終え、皆が落ち着いたところで、再びアリアスに向かって胡座《あぐら》をかいた姿勢で頭を下げた。

「もういいわよ。こっちも、勝手にあんたの妹の名を騙《かた》っていたんだし」

アリアスは肩をすくめて、さもそっけなさそうに答えた。

「そうだな。どっちもどっちだよな」

アルフレッドが急に居直ると、アリアスはカッと目を見開いた。

「ちょっと待ちなさいよ！　あんたがしたことと、わたしたちのしたことは同格じゃないわよ！」

「そうか？　似たようなもんじゃないか？」

「違うわよ！」

「そうか……でもまあ、それは俺が頭を下げたことでチャラだな」

「そんなものでチャラになんてなってないわよ！」

アルフレッドは少し考える素振《そぶ》りをしたあと、懐《ふところ》から何かを取り出した。

「じゃあ、これをやるよ」

アリアスはそれを見て驚いた。

「これは……」

アルフレッドは笑みを浮かべた。

「正真正銘、バーン商会の通行手形さ。これさえあれば、どこの関所も簡単に通れるぜ」

「ありがたい……これがあれば……」

ギャレットがつぶやいた。

アルフレッドは満足げにうなずいた。

「あんたたちが持っていた証明書なんて、見る者が見ればすぐに偽物だとばれちまう。だがこれなら、どんなところでも問題ない。あんたたちにとっては、何よりの贈り物だろう？」

「……あ、ありがとう……遠慮なくいただくわ……」

まだアリアスは腹を立てていたが、これの有用さを考えたのか、不本意そうだが礼を言った。

「ああ！　遠慮なく使ってくれ！」

快活に返事をしたアルフレッドだが、すぐに真顔になった。

「じゃあ、これでチャラってことでいいな？」

「……いいわ。確かにこれはわたしたちにとって有用だもの。仕方がないからチャラにしてあげる」

アリアスは口を尖《とが》らせ頰《ほお》を膨《ふく》らますも、うなずいた。

「そうか！　チャラにしてくれるか。そいつはありがたい」

アルフレッドは自らの膝をパーンと叩《たた》いた。

そこへ、彼のすぐ脇に控《ひか》えていたガッソが、突然アリアスに向かって尋《たず》ねた。

「ところで、あんたたちはこっから先、どこへ向かうおつもりで？」

その瞬間、アリアスに緊張が走った。

それは、ギャレットたちも同じだった。

もちろん、僕も。

正直に答えたら、正体がバレるかもしれない。

かといって、この辺の土地勘がないアリアスには、嘘も難しいのでは？

いや、そもそもすでにバレている可能性も。

アリアスはどう答えるのだろうか？

僕が固唾《かたず》を呑《の》んで見守っていると、まさかのアルフレッドがガッソを制した。

「いいじゃねえかよ、そんなことはよ」

ガッソは少しの間を置いたあと、軽くうなずいた。

「そうですかい。若がそう仰《おつしや》るなら、それで結構です」

アルフレッドはまたも自らの膝をパーンと叩《たた》いた。

「よし！　それじゃあ、これで話は終わりだ。いいよな？」

「ええ、そうね。これで終わりにしましょう」

アリアスはこれ以上探りを入れられたくないと思ったのか、すかさず応じた。

アルフレッドはそれを聞いて、バッと素早く立ち上がった。

配下の者たちも彼に続いた。

アルフレッドは僕らのことを一人ひとり見回すと、笑みを浮かべた。

「また会おうぜ！」

そして、配下の者たちを引き連れ、颯爽《さつそう》と部屋を出ていった。

部屋に取り残された僕らは、きつねにつままれたような気分だった。

「また会おうぜ？　……あやつ、そう言いましたか？」

ギャレットがつぶやいた。

「ええ、言ったわね。わたしは全っ然！　会いたくないんだけど……」

アリアスはすっと立ち上がった。

「疲れたから先に休むわね」

そのまま侍女のメルアとルイーズを連れて、僕たちのいる部屋を出ていき、それぞれにあてがわれた部屋へと行ってしまった。

「おい、カズマはどう思う？　あやつ、どういうつもりだと思う？」

三人がいなくなってから、ギャレットが僕に話しかけてきた。

「ただの別れの挨拶《あいさつ》なんじゃないかと思いますけど」

「他意はないと？」

「よくわからないんですが、彼の国ではいつもの別れの挨拶《あいさつ》が、また会おうなのかもしれないし」

「つまり文化の違いというわけか。別れの際には、また会おうと言うのが決まり事だと？」

「いや、別に断言しているわけではなくて、そういうこともあり得るんじゃないかって話ですよ」

「そうだな。そう思うことにしよう。何せ、あんなやつと会うなど、二度とごめんだからな！」

ギャレットは、アルフレッドがアリアスにしたことをまだ許していないようだった。

実は僕も……許していないというか、なんていうか……よくわからなかった。

「カズマも疲れたろう？　我々もそろそろ明日に備えて休むとしよう。この部屋はカズマがこのまま使うといい。わたしは隣の部屋を使わせてもらうことにする」

ギャレットは僕の返事も待たずに、部屋を出ていった。

部屋に取り残された僕は、ベッドに仰向《あおむ》けになった。

そして、この異世界での奇想天外な日々を思い起こした。

「いっぱい色々なことがあったなあ……」

僕は異世界転移した日のことから、アリアスと出会って窪地《くぼち》を出た日のこと、そして蒼龍槍を操っての、ベルガン帝国の騎士たちとの壮絶な戦いなどを思い出していた。

「……でも、こっちの世界は楽しいな……あっちの世界は、僕には地獄だったし……」

僕はいつの間にやら睡魔《すいま》に襲われ、眠りについた。


ミシッ。

……うん？　……何か聞こえた。

目を覚ました僕は瞼《まぶた》を開き、月明かりが差し込む部屋の中で最も影が濃い天井を見る。

するとすぐにまた、ミシッという音が聞こえた。だがそれは上じゃない。廊下だ！

僕は首《こうべ》をめぐらし、扉の方向を見た。

ミシッ。
間違いない。何者かが足音を忍ばせて廊下を歩いている。
僕は音を立てずにゆっくりと身体を起こすと、静かに床に降り、扉に近づいていった。
ミシッ。
またた。また聞こえる。
僕は心を落ち着かせて、一歩一歩扉へと歩を進めた。
途中、壁に立てかけられた蒼龍槍を手にする。
ミシッ。
廊下を歩く何者かの足音が、どんどん大きくなっている。
ミシッ。
いる。何者かは今、僕の扉の前を通過しようとしている。
僕は取っ手にゆっくりと手をかけると、勢いよく扉を開いた。
そこには、全身を黒装束に包んだ怪しい男が立っていた。
男は驚いた表情を一瞬見せるも、すぐさま腰の短剣を抜き放った。
僕も蒼龍槍を構え、黒装束に対して突きを繰《く》り出した。
しかし、男は俊敏《しゅんびん》な動きで身体をよじり、僕の突きを躱《かわ》した。
僕は素早く廊下に出ると、周りを見回す。

そこには数人の黒装束の男たちが立っていた。

「敵だ!!」

僕はそこで、あらん限りの大声を発した。

他の黒装束たちが一斉に腰の短剣を抜き放ち、僕に突進してきた。

僕は蒼龍槍を操り――あっ！

狭い廊下で蒼龍槍が壁にぶつかった！

黒装束の短剣が襲いかかってくる！

僕は慌《あわ》てて身体をひねって短剣を躱《かわ》した。

次々に繰《く》り出される短剣。

僕はそれを必死の思いで躱《かわ》していく。

しまった！　廊下で蒼龍槍は使いづらい！

こんなことなら、剣を持ってくれば……いや、剣は部屋にはなかった。

ていうか、こんなこと考えている場合じゃない。とにかく避けなきゃ！

僕が這《ほ》う這《ほ》うの体《てい》で退きつつ黒装束の短剣を躱《かわ》していると、バタバタと音を立ててギャレットが廊下に出てきた。

「どうしたっ！　敵かっ！」

ギャレットもさすがは王女の護衛隊長を任ぜられるだけはあり、すでに剣を抜き放っていた。

「なにやつ！　これ以上の狼藉《ろうぜき》、このギャレットが許しはしない！」

ギャレットは素早く僕の前に出ると、器用に剣を操って黒装束の男に斬りかかる。

だが黒装束の男も腕利きであったらしく、ギャレットの鋭い斬撃にも怯《ひる》むことはなかった。

二合、三合と切り結ぶが、互いに決定打を打てずに膠着《こうちゃく》状態となった。

僕はその間に体勢を立て直した。

今度は槍をできるだけ短く構え、ただひたすらに正面を突くという方針に切り替えた。

幸い、狭い廊下であるため、敵も周りを取り囲むことはできない。

僕はギャレットの横に並び、槍を激しく突いた。

だが攻撃が突き一辺倒なため、予測がしやすいのだろう。なかなか思うようにはいかなかった。

やっぱりここでは槍は使いづらい。

僕は多少イライラしつつも他に武器はないため、仕方なく槍を突きまくった。

このままでは……

僕がこの状況に焦《あせ》りを感じはじめた頃、聞き覚えのある快活な声が廊下に響き渡った。

「また会ったな！　加勢するぜ！」

なんと、アルフレッド・バーンが、配下の者を引き連れ、廊下の先に現れた。

「アルフレッド！」

僕が思わず声を出すと、アルフレッドが勇躍して黒装束に突進を仕かけた。

アルフレッドと僕たちは黒装束の男たちを挟み撃ちする形となった。

黒装束たちは慌《あわ》てるも、すぐに後ろの数人がアルフレッドたちに対処するため振り返った。

そこへアルフレッドが急襲する。

「遅いっ！」

アルフレッドは黒装束の繰《く》り出す短剣を素早く屈んで躱《かわ》すと、右拳を下から勢いよく突き上げ、電光石火のスマッシュを炸裂《さくれつ》させた。

黒装束の男が血飛沫《ちしぶき》を上げて宙を舞う。

「まだまだっ！」

アルフレッドは次の標的を見定めるなり、身体の重心を急速に右に振って、凄《すさ》まじい威力の左フックを繰《く》り出した。

黒装束の男はその拳に短剣を合わせようとするも、間に合わない。

次の瞬間、アルフレッドの左拳が黒装束の右わき腹にめり込んだ。

「ぐぶっ！」

黒装束は口から血反吐《ちへど》とうめき声を漏《も》らしつつ、壁に向かって吹き飛んだ。

凄《すさ》まじい音を立てて黒装束の身体が壁にぶつかり、めり込む。

凄《すご》い！

素手の格闘術で、短剣を持った男たちを相手にあっさり勝利している。

そこへ、またも凄《すさ》まじい音を立てて黒装束が弾け飛んだ。
今度はガッソがショルダータックルをぶちかましたのだ。
哀れこの黒装束は、これまでの中で一番ひどい有様《ありさま》で廊下に寝そべる羽目《はめ》となった。
勝てる！　このままいけば一気に押し切れる！
僕がそう思った瞬間、一人の黒装束が窓をぶち破って外に逃れた。
すると、残った黒装束たちも次々に窓に殺到《さっとう》した。
僕らは彼らを追撃しようと詰め寄るも、一歩遅かった。
残った黒装束たちは、窓から一斉に逃げてしまった。
アルフレッド配下の者らが追撃しようと窓に向かうが、アルフレッドが制する。
「追うな！」
配下の者たちは一斉に足を止めて振り返った。
「深追いは禁物だ。どんな罠《わな》が張り巡らされているかわかったもんじゃないからな」
冷静なアルフレッドの言葉に、配下の者たちは無言でうなずいた。
かくして廊下の戦いは終わりを告げた。
僕はひとまず大きなため息をつく。
心に落ち着きを取り戻してから、アルフレッドに言った。
「ありがとう、アルフレッド」

アルフレッドはにんまりと笑った。

「なあに、気にするなよ。また会おうって言っただろ？」

僕は思わず笑ってしまった。

「言ったけど、いくらなんでも早すぎないかな？」

「だが、そのおかげで助かったろ？」

アルフレッドが肩をすくめる。

僕は思わずギャレットと視線を合わせた。

ギャレットが不本意そうに口を歪《ゆが》める。

僕はそれを見て、つい笑ってしまった。

そしてあらためてアルフレッドに向き直ると、笑顔で大きくうなずいた。


「どうかしましたか？」

アリアスが奥まった部屋から顔を出した。

彼女には最も上等な部屋があてがわれており、寝室は続き部屋のその先であった。

そのため僕の大声もよく届かず、今の段階で顔を覗《のぞ》かせたのだろう。

「ただ今、賊《ぞく》が現れまして……」

ギャレットがすかさず膝を折って報告する。

アリアスは驚いたものの、廊下の惨状を見て納得した様子だ。

だが、すぐにもう一つのことに心をざわめかせたようだ。

「アルフレッド……」

いるはずのない男が目の前で笑みを浮かべていたため、アリアスは口を手で押さえて驚く。

「よう！　また会ったな」

もう鼻の包帯をはずしていたアルフレッドは、左手の指を二本立ててこめかみに当て、すぐに離すというなかなかキザな挨拶《あいさつ》をした。

「どうして彼がいるのです！」

アリアスは頬《ほお》を膨《ふく》らませてギャレットに言った。

「畏《おそ》れ多いことですが、賊《ぞく》が侵入いたしまして、それにカズマが気づき応戦。次にわたくしも参戦しました。ですが、敵は強敵でありまして、苦戦していたところをバーン商会の方々が駆けつけてくださったという次第です」

アリアスは、ギャレットの説明を聞いているときも、ちらちらとアルフレッドを見ていた。

そして聞き終えるなり腰に手を当て、アルフレッドに向かって言った。

「なんであなたたちがここにいたのですか！」

「なんでって言われてもなあ？」

肩をすくめたアルフレッドは、配下の者たちを見回した。

すると右腕のガッソが答えた。

「あっしらもここに泊まっていましたので」

これには、アリアスだけじゃなく、僕まで驚いた。

「え！　ここに泊まっていたの？　どこかに旅立ったんじゃないの？」

僕の問いかけに、アルフレッドがまたも肩をすくめた。

「俺がいつそんなことを言ったよ。あの時間だぜ？　ここの部屋を取っていたに決まってるだろ？」

「え～？　僕はてっきりどこかへ旅立ったのかと思ったよ」

「基本的に夜に旅立つ気はないさ。夜ってのはな、できればちゃんとベッドに入って寝るもんだ。しかもそのとき、腕の中にかわい子ちゃんでもいれば最高ってわけさ」

ここで、アリアスが目を剥《む》いて怒りの表情を露わにした。

「まあそうなんだろうけどさ……」

僕が思わずそう漏《も》らしてしまうと、アリアスの怒りの矛先《ほこさき》がこちらに向いた。

「あなたまでなんてことを！」

僕は慌《あわ》てて否定した。

「いや、そうじゃなくて！　夜に出歩かないってところにうなずいただけで！」

だが、アリアスは頬《ほお》を膨《ふく》らませてそっぽを向いてしまった。

「ところで、こいつらはどうするんだ？」

僕は自らの失言を後悔しているのに、アルフレッドはまったく気にする様子もなく、気を失って床に寝転んでいる黒装束たちを指さしている。

「無論、尋問《じんもん》するに決まっている！」

答えたギャレットは、寝転がっている三人のうち一人の胸倉を掴《つか》んで揺《ゆ》さぶった。

「おい！　起きろっ！　貴様らは何者だ！」

黒装束は目を開ける。

ギャレットはさらに締《し》め上げた。

「おい！　貴様らは一体何者だ！　なぜ我らをつけ狙う！」

黒装束はよろよろと肘《ひじ》を立て、少しだけ上半身を起こした。

それから、周りを取り囲まれていることを確認するや、諦《あきら》めたような表情をした。

「わかった……話す」

黒装束はそう言うと、床に胡座《あぐら》をかいた。

「実はな……」

黒装束が、突然ギャレットを突き飛ばした。

次に懐《ふところ》に手を入れると、素早い動きでキラリと光るものを取り出した。

まずいっ！

僕は咄嗟《とっさ》にアリアスを護《まも》ろうとしたものの、遠い！

だが瞬時にアルフレッドが、二人の間に割って入った。

よかった！　これなら安心だ。

そう思ったのも束の間、黒装束の標的はアリアスではなかった。

黒装束は懐《ふところ》から取り出した三つの鋭利な金属のうち二つを投げた。

それは、横たわる二人の黒装束の左胸に、突き刺さった。

気を失っていたものの、心臓に一撃を食らい、うめき声を上げる黒装束たち。

すぐにうめき声は静まり、沈黙した。

二人ともに絶命したようだ。

二人を絶命させた張本人がにやりと笑った。

「おいっ！　待てっ！」

ギャレットの叫《さけ》び声《ごえ》が響く中、黒装束は残る一本の刃を自らの左胸に突き刺した。

「しまった！」

ギャレットは自らの失態から招いた結果に、悔《くや》しさを露わにした。

「申し訳ありませんっ！」

すかさず平伏してアリアスに対して謝罪する。

アリアスが答えるより先に、アルフレッドが軽い調子で言った。

「今のはおっさんだけのせいじゃないさ。全員ちょいと油断していたようだ」

僕もうなずいた。

「うん。僕も油断していた。ギャレットさんのせいじゃないよ」

「ええ。誰のせいというわけではありません。ギャレット、気にしないように」

この場の裁定者のごとく、アリアスが厳《おごそ》かに言った。

ギャレットがさらに深く平伏する。

アリアスの先ほどとは明らかに違う厳正な態度に、アルフレッドが冷やかしの口笛を吹く。

アリアスはそんな彼に蔑《さげす》むような一瞥《いちべつ》を喰らわすと、ギャレットに向き直った。

「それよりギャレット、どうしますか？」

「すぐさま宿を引き払って、発《た》つべきかと」

「わたしも本来はそうすべきだと考えます。ですが……」

アリアスは厳しい顔で言葉を濁《にご》す。

僕は彼女が何を気にしているのかわかった。

「そうか！　隊員の二人はまだ治療中《ちりょうちゅう》だよ」

「しかし、このままここで夜を明かすのはあまりにも危険……」

ギャレットも難しい顔になった。

そこへ、突然アルフレッドが明るく言った。

「よし！　それなら俺たちが護衛してやるよ！」

僕は心底驚いた。だが同時に、彼らが味方となってくれれば、ありがたいとも思った。

ただ、アリアスが頬《ほお》を膨《ふく》らませる。

「なぜあなたがついてくるのよ！」

「護衛が怪我《けが》しているんだろ？　だからだよ」

「だからって、なぜあなたがついてくるのかと聞いているのよ！」

「俺たちは貴重な戦力だぜ？　俺とガッソはAランク、他の連中もみんなBランクの強者《つわもの》揃いだからな」

そうなのか。アルフレッドはSランクだと思ったけど、Aランクなのか。

やっぱり、僕の格闘術があまりに低いから、勝てなかったんだな。

そんなことを僕が考えていると、アリアスが言った。

「だからといって、あなたなんか信用できないわ！」

確かに……

これまでのアルフレッドの行動や言動なんかを思えば……

でも悪い人たちじゃないと思うけどな。

とはいえ、アリアスとしては、あんなことがあったし……

すると、アルフレッドが言い返した。

「だからあのことは謝ったろ？」

「一度謝れば済むと思っているの！」

「もういいって言ったのは、あんただろ？」

アリアスが口を尖《とが》らせた。

「それは……その場の雰囲気《ふんいき》で言っただけじゃないの！」

「なんだそれは！　そんなの俺が知るかよ！」

「なによ！　わたしにあんなことしといて！」

「また蒸《む》し返すのかよ！　いい加減にしろよ！」

二人の間に、ガッソが困り顔で割り込んだ。

「まあまあ、ここは一つ……」

「なんだガッソ、邪魔するなよ」

すぐさまアルフレッドが文句を言った。

「若、さすがに言いすぎですぜ。若い女性にいきなりあんなことしちまったんですぜ？　しかもそれが初めてのことだったとしたら、一度いいと言われたからって、それで済むはずありませんわ」

「じゃあ、何回謝りゃいいんだよ！」

「死ぬまで謝り続けてくだせい」

「し、死ぬまでだと～？」

「そうです。女っていう生き物は、それがどんな身分の者であれ、死ぬまでこういうことは忘れないもんです。事あるごとに蒸《む》し返して言ってくるもんです」

「そんなもん、付き合ってられるかっ！」

「いいえ、それじゃあ、いつまでたっても女って生き物を理解できませんぜ？　バーン商会次期当主ともあろう御方が、そんなんじゃいけやせん。ここは一つ、勉強代だとでも思って、謝ってくだせい」

「お、俺が謝るのか！」

「へい。ここは一つバーン商会次期当主として潔《いさぎよ》く！」

アルフレッドは不服そうではあったが、謝罪の言葉を口にした。

「……すまなかった……」

しかし、その声は聞こえないほど小さく、歯切れも悪く、到底潔《いさぎよ》い謝罪と呼べるものではなかった。

そのためガッソは、眦《まなじり》を決してアルフレッドを叱《しか》りつけた。

「若！　なんです今のは？　そんなんでバーン商会次期当主たり得ると思われますか！」

すると、ようやくアルフレッドは覚悟を決め、深々と頭を下げた。

「申し訳なかった！」

こうしてアルフレッドは潔《いさぎよ》く、アリアスに対して何度目かの謝罪をした。

「これでいいんだろ！」

アルフレッドが少し顔を紅潮《こうちょう》させてガッソに言った。

ガッソは満足そうにうなずいた。

「へい。若、また一つ器を大きくなさりましたな」

「ふんっ！　どうだかな！」

アルフレッドはへそを曲げたか、そっぽを向いた。

だがこれでアリアスの態度が軟化《なんか》したらしく、軽く笑みを見せた。

「ガッソとやら、あなたもわたしたちを護衛する気持ちはあるのですか？」

「へい、もちろんです。若が決めたことなら、あっしらは従うだけですので」

ガッソは軽く頭を下げて言った。

アリアスは鷹揚《おうよう》にうなずいた。

「わかりました。ではお願いしましょう」

僕は驚いた。

えっ！　受けるの？　アルフレッドのことが嫌いなんじゃないの？

そんな僕の戸惑《とまど》いなど関係なく、話はどんどん進んでいった。

「かしこまりました。では、治療中《ちりょうちゅう》の護衛の皆様には、回復次第後を追えるように一人おつけいたします」

「わかりました。よろしく願います」

「へい」

怪我《けが》をしていた護衛隊員たちは宿の治療《ちりょう》のおかげでだいぶ回復したものの、これ以上の移動は耐えられないと判断し、宿に置いていくこととなったようだ。

こんなふうに、話はアリアスとガッソの間で次々に決まっていった。

僕はきつねにつままれたように、その様子を眺《なが》めていた。

そこへ、ギャレットまでもがやり取りに加わった。

「無論、礼はさせてもらう。だが、成功報酬という形でよいかな？」

えっ？　ギャレットも、アルフレッドの行動には激怒していたんじゃないの？

まあ僕はいいけど……

さらに、一人そっぽを向いていたアルフレッドまで。

「そんなことより、すぐに出るんだよな？」

「うむ。一刻を争うからな」

ギャレットが答える。

「だったら、とっとと出ようぜ。話はここを出てからでいいだろう」

そう言って、アルフレッドがさっさと歩き出した。

「うむ。そうだな。早速出発するとしよう」

ギャレットはうなずいた。

「野郎ども、出発だ！　支度しろい！」

ガッソのかけ声で、配下たちが一斉に動き出す。

うん。どうやら方針は決まったらしい。

僕はそんなことをぼんやりと思いながら、皆の動きを見つめていた。


しばらくして慌《あわ》ただしく宿を発《た》った僕らは、馬車の中であらためて今後の話をすることにした。

アルフレッドとガッソは、僕たちと同じく荷台におり、バーン商会の一人が御者を務め、残りは各自馬に乗って僕たちの馬車と並行している。

「で、行き先は決まってるんで？」

まずはガッソが切り出す。

「オルダナ王国だ」

それにギャレットが応じた。

「それなら、あっしらのテリトリーですわ」

「存じておる。バーン商会の勢力圏は今では世界中だが、そもそもの興《おこ》りはオルダナであろう」

「へい。先代がオルダナで身を立てまして、そこからバーン商会は世界へ進出しました」

「では、このあたりはどうだ？　オルダナの隣国であるが」

「もちろん勢力圏ですわ。先ほどのダーラムにもうちらの出先機関があったので、連絡しときました」

「ほう、どのような連絡を？」

「当然、援軍ですわ」

「そうか！　それは心強い！　だが、どれくらい集まりそうなのだ？」

ガッソは静かに首を横に振った。

「わかりやせん。次の町で連絡を取る際にはある程度わかるかと思いますがね」

「そうだな。急なことだ。数などわかるわけがない。性急なことを申してすまなかった」

ギャレットはそう言って頭を下げた。

ガッソも軽く頭を下げると、話題を変えた。

「ところで、そちらの少年は何者で？」

そして、僕の顔を見た。

僕は突然問われて、答えに窮《きゅう》した。

するとアリアスが代わりに答えてくれた。

「彼も護衛ですわ。それも、一騎当千の強者《つわもの》ですわ」

僕は褒《ほ》められるのが苦手なため、これまた答えに困った。

そこへ、アルフレッドが僕を茶化《ちゃか》そうと口を出した。

「格闘術は2しかないけどな」

僕は少しムッとした。

「格闘術は2でも、剣術とかは100を超えているよ。それに全体レベルは1000を超えてるし」

「なんだとっー！」

アルフレッドとともに、これまで落ち着き払っていたガッソまでもが驚きの声を上げる。

「お前、Sランクなのか！」

アルフレッドが信じられないものを見たといった顔で僕を見る。

「そうだよ……たぶんだけど……」

「おい、ステータス画面を見せろ！」

僕は見せようとするも、少し前にアルフレッド自身に言われたことを思い出した。

「嫌だよ。ステータス画面は他人には見せない方がいいって言ったじゃないか」

「俺は別だ。いいから見せろ。最初のページだけでもいいから」

僕が渋々《しぶしぶ》ステータス画面を開くと、アルフレッドとガッソがすかさず覗《のぞ》き込んできた。

そして、唸《うな》るような声でアルフレッドが言う。

「本当に、レベル１０００を超えているじゃねえか。なのに格闘術２って、どういうことなんだよ」

ガッソがうなずいた。

「ちょいと信じられませんが、ステータス画面を偽ることはできやせんぜ」

「ああ、そのはずだ。てことは……お前、本当に喧嘩《けんか》したことなかったのか？」

「うん。なかった」

僕はうなずいた。

「剣や槍や斧なんかは使えるんだよな？」

僕は再びうなずく。

アルフレッドはなぜか首を傾《かし》げるが、すぐに納得の表情になって膝をパンと叩《たた》いた。

「よし、わかった。俺が道中で、お前に格闘術を教えてやるよ」

「え？　本当に？」

「ああ。こんなでたらめなステータス画面を見ちまったら仕方がない。鍛《きた》えずにはおけないぜ」

アルフレッドの言葉に、ガッソもうなずいた。

「あっしも協力いたしやしょう。ところで、一つ気になったことがあるんですが……」

「うん？　何？」

僕は軽く首を傾《かし》げた。

ガッソは眉間《みけん》にしわを寄せる。

「基本ステータス欄に、魔力とＭＰの項目がないようですが……」

僕はアリアスやギャレットと顔を見合わせた。

すると、ギャレットがゴホンと咳払《せきばら》いをした。

「ああ〜、どうやらカズマは色々と変わっているようでな。その辺もでたらめなのだ」

彼は肝心《かんじん》なことは言わずに、僕の出自について誤魔化《ごまか》そうとしてくれた。

だが、アルフレッドにもガッソにもそれは通じなかった。

アルフレッドは眉根《まゆね》をギュッと寄せ、僕を睨《にら》みつける。

「何を隠している？　お前のでたらめなステータス画面には、どうやら秘密があるようだな？」

僕はアルフレッドから目を逸《そ》らした。

しかし、その先にはガッソがいた。

ガッソがにやりと笑う。

「あっしはその昔、聞いたことがありやすぜ……この世界とは違う、別の世界から来た者には、ステータスに魔力とＭＰの項目がないってね」

「……え……別の世界から来た人って、僕の他にもいるんですか？」

僕はつい尋《たず》ねてしまった。

ガッソが微笑《ほほえ》んだ。

「やっぱり、そうでやしたか。あんたは別の世界から来た人なんですね？」

今度はアルフレッドが驚いた顔を見せる。

「おい、ガッソ、どういうことだ？　別の世界ってなんだ？」

ガッソは右手を上げて、アルフレッドを落ち着かせると、静かな声音《こわね》で告げる。

「ここことは違う別の世界ってのが、あるらしいんですよ」

「ここことは違う？」

「ええ。まったく別の世界です。そこから来ちまう人っていうのが、たまにいるらしいんですよ」

「なんだそれは？　初耳だぜ」

「まあ、あっしも昔、先代に一度だけ飲みの席で聞いたことがあるってだけなんですがね」

「先代？　じいさんにか」

「ええ。先代が若かりし頃に会ったことがあるんだそうです」

「その……別の世界から来たってやつにか？」

「その人も魔力、ＭＰともになかったそうです。なんでも、別の世界には魔法自体がないそうで」

僕はガッソとアルフレッドの会話を注意深く聞いた。

そうか……僕だけじゃないんだ。

その人も僕と同じく、元の世界が嫌いだったのかな？

ちょっと会ってみたいな。

気づくと、アルフレッドとガッソが僕を覗《のぞ》き込むようにしていた。

「え、何？」

僕が慌《あわ》てると、アルフレッドが探るような目で問いかけてきた。

「お前、本当にガッソの言う、別の世界から来たのか？」

今更隠しても仕方がないよな。

僕は覚悟を決めると、大きくうなずいた。

「うん。そうだよ」

アルフレッドが目を見開いた。

「本当かよ……じゃあ、お前のレベルがえらく高いのもそのせいか？」

「たぶん……よくはわからないけど」

アルフレッドは再びガッソに尋《たず》ねる。

「どうなんだ？　そのじいさんが会ったことあるやつっていうのは、こいつと同じで馬鹿みたいなステータスを持っていたのか？」

ガッソは首を横に振った。

「商才にはとびきり長《た》けていたそうです。ですが、カズマのようなとんでもない全体レベルの持ち主だとは聞いてないですね」

「……だが、商才にはとびきり長《た》けてはいたんだな？　つまりは常人ではないってことか？」

ガッソはしきりに何度もうなずいた。

「おそらくは。あっしも半信半疑で聞いていたもので、確かなことが言えずに申し訳ありません」

ガッソは、頭を下げた。

アルフレッドは片手を上げてそれを制すと、僕に向き直った。

「お前、とんでもないやつだな。どうして俺たちの世界に来た？　理由は？」

僕は両手を振る。

「僕は来たいと思って来たわけじゃないよ。気づいたらこの世界に来てたんだ。不可抗力だよ」

アルフレッドは腕を組んで考え込んだ。

僕はチャンスとばかりに、ガッソに対して問いかけた。

「ねえ、ガッソさん。その先代さんは今どこにいるんですか？」

「オルダナ西部の避暑地に隠居しておられますよ」

「そうなんですか……もし僕が行ったら、会わせてもらえませんか？」

ガッソはうなずいた。

「わかりやした。会えるよう、あっしが手配いたしやす」

「本当ですか？」

「ええ、もちろんです」

「ありがとう！　ガッソさん！」

僕はオルダナ王国に向かうもう一つの目的を見つけ、テンションが上がった。

そんな僕の耳に、突如今まで聞いたことのない音が聞こえてきた。

僕は耳を澄《す》ませる。

それはさながら、何か硬いものを、軽くしなやかなもので叩《たた》くような音だった。

僕は首を傾《かし》げる。

そして怪訝《けげん》な顔で皆に問いかけた。

「ねえ、何か変な音が聞こえない？」

皆が一斉に耳を澄《す》ました。

だが、僕のように変な音が聞こえた者はいなかったようだ。

「お子ちゃまなお前のことだ。眠たすぎて、幻聴が聴こえているんじゃないのか」

アルフレッドが僕をからかう。

僕は思わずムッとしたものの、代わりにアリアスが口を開いた。

「カズマの耳は凄《すご》く発達しているの。だから、わたしたちには聞こえない音も聞こえているのよ」

「間違いありますまい。カズマ、もう一度よく耳を澄《す》ましてみよ」

ギャレットも同意する。

僕は耳に全神経を集中させた。

次第に音の正体が鮮明になってきた。

硬いものは地面だ。

そして、柔《やわ》らかくしなやかな音は……

人の足音だ！

僕が今までに聞いたことがないほど、あまりに速く、軽いために、足音だとわからなかったんだ。

でも、今ならわかる。

これは間違いなく、人間の足音だ！

「これは足音です！　誰かが僕たちを追ってきている音に間違いありません！」

「馬鹿な！　こっちは荷台を引いているといっても、馬だぞ！　人が走って追いつく速度じゃない！」

　アルフレッドが大声で否定する。

　だが、僕は確信していた。

「いや、間違いないよ！　おそらく先ほどの敵だ。床と地面の違いがあって、今の今までわからなかったけど、これはあの黒装束の男たちが追ってくる足音だ！」

　アリアスがうなずいた。

「カズマが言うのなら間違いないわ」

　ギャレットもうなずく。

「迎撃いたしましょう！」

　しかし、アルフレッドは僕の耳を信用しなかった。

「おいおい、本当かよ？　こんなガタガタうるさい荷馬車の中で、追ってくる足音が聞こえるのか？しかもまだ姿が見えないっていうのにか！」

　僕は確信を持ってうなずいた。

「はい。間違いありません。僕は聴力もレベルアップしているので」

　アルフレッドは顔を歪《ゆが》めた。

「あ〜ん？　何を言ってんだ？　聴力がレベルアップ？」

「話はあとで。とりあえず今は敵を迎え撃つ準備を！」

アルフレッドは軽くため息をつくも、もしそれが本当なら重大事とばかりに、即座に臨戦態勢に入った。

それはガッソも同様であった。

彼も僕の話に困惑していたようだが、アルフレッドに倣《なら》ってすぐに臨戦態勢を整える。

二人ともさすがだ。

やはり彼らは頼りになる。

僕はそう確信すると同時に、自らも臨戦態勢に入って、気を引き締《し》めた。

ピヒュン……ピヒュン……ピヒュン……ピヒュン。

暗闇の中、しなやかにしなる足が一定のリズムを刻んで、大地を軽やかに蹴る音が聞こえる。

だが、その音はどこまでいっても大きくもならず、かといって小さくなるわけでもなかった。

「どうやら、尾行が目的のようです」

僕がそう敵の様子を分析すると、ギャレットが幌《ほろ》の外に顔を出し、あたりをうかがった。

「敵襲をかけてくるわけではないのか？」

「はい。つかず離れずで追ってきているようです」

「そうか……それはまずいな」

「まずいですか？」

「うむ。常に我々のいる場所を本営に伝えて、どこかで待ち伏せるつもりなのだろう。とすれば、我々はいずれ、大軍を相手にせねばならぬというわけだ」

「大軍……それはまずいですね」

「うむ……その前に追っ手を倒すか、撒《ま》くかのどちらかをせねばなるまい」

「本当に追っ手は来ているのか？　真っ暗闇で何も見えないぜ」

アルフレッドが眉間《みけん》にしわを寄せる。

僕もアルフレッド同様に目を凝《こ》らして後ろを見た。

次第に目が暗闇に慣れてきた。

だが、まだ敵の姿を捉えるまでには至らなかった。

「そう……敵は見えないけど……少し明るくはなってきたかも？」

「は？　明るくなるわけないだろ。まだ夜が明ける時間まではだいぶあるぜ」

「そうかな……じゃあ、視力もレベルアップしているのかも……」

「……お前、さっきからレベルアップがどうとか言ってるよな？」

アルフレッドが眉《まゆ》を跳《は》ね上げた。

「うん。僕はスキルレベルの必要経験値が1しかないから、どんどん上がっていくんだ」

僕は正直に答えた。

すると、アルフレッドとガッソが顔を見合わせた。

「必要経験値が1っていうのは……まさか、ずっとってわけじゃないよな？」

アルフレッドが探りを入れるような顔で、僕の顔を覗《のぞ》き込む。

「ずっとだよ。だからレベルがすぐに上がっていくんだ。だから追っ手もそのうち見えてくるよ」

僕は素直に答えた。

「お前……マジか……」

ガッソは目を見開き、アルフレッドもそれだけ言うのがやっとのようだった。

それを見たアリアスが、得意げな顔をする。

「どう？　カズマは凄《すご》いでしょ？　だから聴力も凄《すご》くて、どんな音も聞き逃さないのよ！」

しかし、アルフレッドは驚きから立ち直り、顎《あご》をツンと上げた。

「確かに凄《すご》いが、それはカズマであって、あんたじゃないだろう」

アリアスは首を横に勢いよく振った。

「わかってるわよ！　なによ、ふん！」

アルフレッドは軽く舌打ちをすると、僕に向き直った。

「カズマ、ならお前の格闘術が2しかないのは、まだ人生で二回しか殴《なぐ》ったことがないからか？」

理解が早いな。

アルフレッドは色々と性格的に問題はあるけど、頭の回転は速い。

それに腕も立つし、やっぱり頼りになりそうだ。

僕はそう思いながら、大いにうなずいた。

すると、アルフレッドがにやりと笑った。

「やはりそうなのか。だったら、余計に鍛《きた》えがいがあるってもんだな」

そう言って、さらに口角をグイッと上げ、少々サディスティックな笑みを見せた。

そのとき、僕は嫌な予感がした。だが後方を見ると、視線の先でついに動くものを捉える。

「いた！　見えたよ！　やっぱり、さっきの黒装束が追ってきている！　数は少なくとも十以上！」

「どこらへんにいる？」

アルフレッドがすかさず問いかけてくる。

「二百メートルくらい先だね」

「二百か……結構あるな」

アルフレッドは後方を、遠い目をして見つめる。

「ダメだな。やっぱり俺には見えねえ」

「こちらの速度を落としてみたらどうか？」

ギャレットが提案した。

「賛成だ。やるなら一気にやってしまおうぜ」

アルフレッドが同意する。

僕もうなずいた。

ガッソも、アリアスもうなずいた。

そこで、ギャレットが御者のところに行く。

「速度を落としてくれ」

すると、すぐに馬車の速度が落ちていった。

僕は蒼龍槍を手にし、強く握りしめた。

アルフレッドたちも、いつでも馬車から飛び出せるように臨戦態勢に入っている。

だが――

「……ダメです。敵も速度を落としました」

後方の敵は、馬車の速度に合わせているようだ。

「つまり、俺たちを襲うつもりがないんだな？　やはりただ尾行するのだけが目的か」

アルフレッドがつぶやいた。

後方に戻ってきたギャレットがうなずく。

「どうやらそのようだな。あくまで我らの行方《ゆくえ》を本営に伝えるのがやつらの目的のようだ。となると……これは面倒だぞ」

どうする？

このまま野放しにはできない。

放っておいたら、僕らの居場所を逐次《ちくじ》本営に報告されてしまう。

それはなんとしても避けなければならない。

でも敵は、つかず離れず僕らのあとを追ってきている。

こうなったら――

「僕が出ます！」

「俺も行こう」

アルフレッドが応じる。

「では、あっしも」

当然のようにガッソもうなずく。

僕はうなずくと、ギャレットを見た。

「ギャレットさんは、念のためアリアスの護衛をお願いします」

ギャレットは即座にうなずいた。

「承知した。気をつけろよ」

僕は気合を込めて再度うなずいた。

だが、ここでアルフレッドが提案をする。

「一旦《いったん》速度を上げてからにしよう。その方がやつらも面食らうんじゃないか？」

「うむ。その方がよさそうだ」

ギャレットが答える。

僕も同意すると、ギャレットが再び御者のところに素早く移動した。

ほどなくして、馬車の速度が上がった。

僕はアルフレッドと顔を見合わせ、首を縦に振る。

それから、アルフレッドは目を細めて後方を見つめる。

「ちっ！　やっぱり見えねえな。どうやら飛び出してからが勝負のようだな」

「そうですなあ、まあ、それでもなんとかなるでしょう。今日は月明かりがまぶしいくらいですからね」

ガッソが応じた。

空を見上げると、満ち溢《あふ》れるように大きく丸く膨《ふく》らんだ月の光が、煌々《こうこう》と降り注いでいる。

「そうだな。近づきさえすればこっちのもんだ。いくら闇夜に紛《まぎ》れる黒装束でも、これだけの月光に照らされりゃあ、よおく見えるだろうぜ」

僕はアルフレッドの言葉にうなずくと同時に、決意を込めて言った。

「僕がまず飛び出します」

「おいおい、抜け駆けか？」

アルフレッドが茶化《ちゃか》してくる。

だが僕は構わず、冷静に言った。

「そんなんじゃない。僕が先に飛び出すのは、僕がすでに敵の姿をしっかり捉えているからだよ」

アルフレッドが肩をすくめた。

「ちぇっ！　それじゃあ仕方がねえな、先陣はお前に譲るぜ」

僕は笑みを浮かべた。

そして、僕らを執拗《しつよう》に追いかけてくる死神の足音を消し去ろうと、飛び出す準備を整える。

敵との距離を慎重に測る。

敵が僕たちに最も近づいてくるタイミングを見計らって、飛び出そうとしていた。

――と、ここでアルフレッドが僕を急かした。

「おい先陣、まだか？」

「敵が一番近いタイミングで飛び出すから、もう少し待ってよ」

「いいねえ、落ち着いているじゃねえか。どうやら、本当に戦いには慣れているようだな」

アルフレッドがまた茶化《ちゃか》すように言った。

「もちろんだよ」

「やっぱりこいつは傑作《けっさく》だぜ。まあ、とりあえずこいつの戦いっぷりを見てやるとするか」

アルフレッドがさも愉快そうに言った。

なぜか、僕より先にアリアスが得意げに鼻をフンと鳴らした。

「カズマの戦いぶりを見たら、あなたたち、きっと腰を抜かすんじゃないかしら」

今度はアルフレッドが鼻を鳴らした。

「冗談《じょうだん》だろ？　俺たちがどれだけ場数を踏んでいると思ってんだ。大抵のことじゃ驚かないぜ」

「あら？　あなたたち、先ほどカズマのステータス画面を見て、のけぞらんばかりに驚いてなかった？」

アリアスが、珍しくいたずらっ子っぽくニヤッと口角を上げた。

アルフレッドはしてやられたという顔を一瞬見せるも、すぐに立ち直った。

「ふん！　あれが最後だ！」

「あら、そう。じゃあカズマの戦いぶりを見たあとの、あなたの顔を楽しみにしているわ」

「おう！　俺の戦いぶりを楽しみに待ってな！」

アリアスは眉《まゆ》をピンと跳《は》ね上げた。

「わたし、そんなこと言ってないわよ」

「言ってないが、そんなことは俺には関係ない！　いいから楽しみにしてな！」

アリアスはおそらく目を白黒させたことだろう。

だが、僕は再び敵との距離を測りはじめていたため、アリアスの顔を見ることはできなかった。

そのとき、敵の先頭が明らかに前に出てきた。今だ！

「出ますっ！」

僕は馬車から飛び出した。

しかし、走る馬車からいきなり飛び出したせいで、慣性力が僕の身体に襲いかかる。

僕の足が地面に接地した瞬間、凄《すさ》まじい勢いで身体が後ろに引っ張られて倒れそうになった。

僕はそれを防ごうと、前傾姿勢のまま地面を強く蹴り上げ、空中でバランスを取ろうとする。

けれど、慣性力はまだ僕にしつこく取りついている。

次の着地の際もそれに負けないよう、再び力強く地面を蹴って飛び上がる。

それを何度かくりかえすうちに、ついに慣性力は僕の身体から離れていった。

僕は足の回転速度を最大限に高め、敵に向かって突進を仕かけようとする。

すると、僕の後方で同じように足の接地する音が二つほぼ同時に聞こえた。

アルフレッドたちだ。

彼らは大丈夫だろうか？

あの速度の馬車から飛び出して、転ばずに済むだろうか？

でも、僕には彼らの心配をする時間はなかった。

あっという間に敵との距離が詰まったのだ。

僕は手に持った蒼龍槍を構え直すと、敵に向かって突撃をする。

夜とはいえ、煌々《こうこう》と光る満月が、僕たちの存在を敵に知らせる。

そう思っていたのだが――

突然の僕らの行動に、十を超える黒装束たちは驚き慌《あわ》てた。

急に立ち止まろうとする者。

街道を逸《そ》れてとりあえず脇に逃れようとする者。

僕はまず、慌《あわ》てて立ち止まろうと試みる者に狙いを定めた。
右手に持った蒼龍槍を軽く横に一閃《いっせん》。
鈍《にぶ》い音を立てて敵が吹き飛ぶ。
次だ。
僕は新たな敵に標的を定める。
次は脇に逸《そ》れようとした者だ。
深く高い葦《あし》に遮《さえぎ》られ、行き場を失って立ち往生している。
僕は瞬《また》く間に距離を詰めて槍を振るった。
再び肉を叩《たた》いて骨を砕《くだ》く鈍《にぶ》い音があたりに響き渡る。
よしっ！　さらに次だ。
だが、敵は皆すでに逃げる態勢を整え、僕に背を向け全速で駆けていた。
速い！
とはいえ、先ほどよりも多少遅く感じるのは、僕がレベルアップし続けているからか。
追ううちに、少しずつだが距離が詰まっていく。
あと少し、もう少しで追いつく。
いける！
僕は力任せに槍を振った。

槍が、逃げる敵の後背を襲う。

蒼龍槍が敵の脇腹にめり込んだ。

敵はそのままの勢いで、街道脇に吹き飛んでいった。

まだまだ。

まだ十人はいる。

その間も、僕の駆ける速度は上がっていく。

レベルアップを如実に感じる。

だがそのとき、突然道が開けた。

先ほどまで道脇を埋《う》め尽くしていた背の高い葦《あし》が消え失せ、どこまでも広い平原が広がっている。

まずい！

僕がそう思ったとき、敵がすかさず散開した。

そして、思い思いの方向に逃げていく。

僕はとにかく一人でも多く倒さねばと思い、まずは正面の敵を追いかけた。

なんとか距離を詰めると、蒼龍槍を一閃《いっせん》した。

うめき声を上げて吹き飛ぶ黒装束の男。

しかし……その他の敵は皆、逃げおおせてしまった。

僕は仕方なく立ち止まると、こちらに向かってくるアルフレッドたちが遠くに見えた。

彼らに近づきつつ、大声を張り上げた。

「ダメだった！　四人は倒したけど、他は逃がした！」

アルフレッドは僕の目の前で立ち止まり、荒くなった息を整えながら口を開く。

「……はあ……四人……倒したのか？」

「うん。でも、後は逃げられた」

「……お前、ちょっと……速すぎるぞ……」

僕は軽く首を傾《かし》げた。

「そうかなあ？」

「……ふう……速いなんてもんじゃない。恐ろしいほどの速さでしたぜ」

アルフレッドよりかは幾分呼吸が整ったガッソが言う。

「そうですか。それもたぶん、レベルアップしているからですね」

「お前、そうなると……ほとんど無敵じゃないかよ」

アルフレッドが呆《あき》れ顔になる。

僕はちょっと照れた。

「そう……かな？　そんなこともないと思うけど」

「ああ、そういやお前、格闘術のレベル2だったな。危うく忘れるところだったぜ」

アルフレッドが僕の態度にイラっとしたようだ。

僕も少しだけイラっとした。

「まだレベル2ってだけで、やればどんどん上がるよ！」

だが、アルフレッドは鼻で僕を笑う。

「ふん、だがまだ2だ。お前は格闘レベル2の男なんだよ。そんな格闘レベル2風情が、格闘マスターのこの俺様に対して偉そうに言うんじゃねえよ」

僕は彼の物言いにかなり腹を立てるも、現在のレベルが2であることは紛《まぎ》れもない事実であるため、この場では言い返すことができず、頬《ほお》を軽く膨《ふく》らませることしかできなかった。


「すみません、四人しか仕留められませんでした」

僕は馬車に戻るなり頭を下げた。

ギャレットが応じる。

「四人か……あの素早い敵が相手だ、上々であろう」

「まあそうだな。俺は一人も倒せなかったしな」

同じく馬車に戻ってきたアルフレッドが言った。

「あらあなた、一人も倒せなかったの？　先ほどは俺の戦いぶりを見ていろ、なんてずいぶんと勇ましいことを言っていたのに？」

アリアスが得意げに顎《あご》をツンと上げる。

アルフレッドはなんにも悪びれずに答える。

「ああ、残念だが、俺の足じゃ追いつけなかった。あいつらマジで速いからな」

アリアスは悪びれないアルフレッドに少し腹を立てたのか、さも意地悪そうに告げる。

「それに比べてカズマは凄《すご》いわ。あなたと違って四人も倒したんだから！」

だが、やはりアルフレッドは悪びれるところがなかった。

「足が速いのは認める。それに腕力もだ。何せあの敵に追いつき、一撃で倒すんだもんな」

アルフレッドはそう言うと、僕の背をポンと叩《たた》き、カラカラと明るく笑った。

アリアスはそれを見てふくれっ面《つら》となると、プイと横を向く。

僕は二人のやり取りを見て、おかしくなって少しだけ笑ってしまった。

するとアルフレッドが、つい先ほどとは打って変わって真剣な表情に変わった。

「また折を見て攻撃を仕かけよう。少しずつでも削《けず》っていけば、いつかはゼロになるしな」

僕はその言葉に、大いにうなずいた。


結局、僕らはその後三度ほど尾行してくる黒装束集団を迎え撃ったものの、戦果はあまりあげられなかった。

それというのも、黒装束集団が方法を変えてきたからだ。

その方法とは、僕らを直接追う者を一人だけにし、残りは離れて追いかけるというものであった。

この方法だと、一人はほぼ確実に犠牲《ぎせい》になるが、その他は助かる。

こちらも常に一人は減らせるが効率は悪い。しかも、そもそもこの方法を相手が取ってきたのは、増援があったためだ。

二度目の攻撃の際、敵の集団を目で追ったところ、明らかに数が増えていた。

こうなると、このような戦いは無意味でしかない。

いたずらな消耗戦《しょうもうせん》となるからだ。

しかも、攻撃の際には僕らの速度が鈍《にぶ》ってしまい、有効な手段とは言えなくなっている。

よって僕らも、これ以上この戦いを続けることは諦《あきら》めるしかなかった。

「さて、どうするか……」

ギャレットが苦悩に満ちた顔でつぶやいた。

僕は黙って考える。

だが、いい案はちっとも浮かばなかった。

「……でも、このまま尾行され続けるのはまずいですよね？」

「うむ。それだけは避けねばならないが……かといって方策がない……困ったことだ」

そのとき、横に座っていた侍女のメルアが、僕の肩をちょこんと指でつついた。

「あの……ちょっといい？」

「もちろんだよ。メルア、どうかした？」

僕は驚きつつも、優しく声をかける。

「ありがとう。実はこの先で道が二叉《ふたまた》に分かれるんだけど、そこを左に行ってほしいの」

「左？　構わないと思うけど、どうして？」

「うん。実はその、わたしに考えがあるの」

メルアはそう言うと、にこりと微笑《ほほえ》んだ。


先頭を行く、バーン商会の者の馬が土埃《つちぼこり》を巻き上げながら、分かれ道を左に折れる。

続く騎馬も、そのまた次の騎馬も左に折れつつ土埃《つちぼこり》を上げる。

僕らの乗る馬車も、速度をほとんど落とすことなく左に折れた。

「これでいいんだね？」

僕がメルアに問いかける。

彼女はうなずいた。

「次に来る分かれ道も、左へお願い」

僕は、ギャレットと目を合わせ、再びうなずく。

ギャレットは僕にうなずき返すと、御者に指示を出しに向かう。

しばらくして、馬車がギシギシと音を立てながら左に傾いた。

馬車が次の分かれ道で左折したのだ。

すると、メルアが口を開いた。

「このままますぐ進んで。ただし、この先の道はとても狭いから気をつけるように伝えて」

ギャレットは、今度は僕を介さずうなずき、御者に指示を出す。

それを見たメルアは軽く息を吐《は》き出し、僕に言う。

「このあと三十分ほどはこのままますぐよ」

僕はにこりと微笑《ほほえ》んだ。

「わかった。そしてその先で、というわけだね？」

メルアはにっこりと可愛《かわい》らしい笑顔でうなずいた。

「うん。これで追っ手を撒《ま》けると思うわ」


メルアの指示した道を、僕たちはひた走った。

黒装束集団は姿をほとんど隠しているが、僕の耳にはひたひたと忍び寄る音が絶え間なく聞こえている。

本当にこの道を行けば、彼らを撒《ま》けるのだろうか？

道はだんだんと傾斜がきつくなり、かなり上ってきているようだ。

あたりは暗く、僕の目でもあまりよくは見えない。

先ほどまで煌々《こうこう》と光っていた満月も、雲の陰に隠れている。

そこで突然、御者のそばにいたギャレットが、前方を見て叫《さけ》んだ。

「あれか！」

「はい！　そうです」

そのすぐ後ろにいたメルアがうなずいた。

前方を左へ曲がったところに吊り橋が見える。

「よし！　わかった！」

ギャレットは馬車に近寄せていた、馬に乗ったバーン商会の手の者たちにすかさず告げた。

「我々が通りすぎたら、頼むぞ！」

ギャレットの指示を受けた二頭の馬が、後方にずるずると下がっていく。

そして、僕らの最後尾についた。

そのとき、ギャレットが叫《さけ》んだ。

「よし！　渡れっ！」

ギャレットの指示を受け、馬車は突如急カーブを描き、左へと大きく舵《かじ》を切った。

荷馬車がギシギシと音を立てて軋《きし》む。

と、すぐに、ガタン、ガタン、という音を響かせ、荷馬車が左右に振れる。

僕たちは体勢を整えようと踏ん張った。

二十秒ほどが経過したころ、再びギャレットが叫《さけ》んだ。

「渡り切るぞ！　頼む！」
ギャレットの合図に、最後尾の男二人が呼応する。
「おうっ！」
馬上の男たちが腰に佩《は》いた剣を抜き、一閃《いっせん》。
ザンッ！
男たちの剣が、吊り橋を支える太縄を一刀のもとに断ち切った。
さらに男たちは素早く下馬するや、別の太縄に斬りかかる。
そのたびに、大きなものが揺《ゆ》れる音が響く。
そして次の瞬間、それが『落ちた』。
斬られた太縄が岩肌《いわはだ》を撫《な》でながら滑《すべ》り落ちる。
次いでいくつもの木板が、崖《がけ》にぶつかりつつ落ちていく音が轟《とどろ》く。
「よしっ！　成功だ！」
ギャレットが歓喜の声を上げた。
作戦の提案者であるメルアも喜ぶ。
だが、僕はまだ喜ぶのは早いと、目を凝《こ》らして谷の向こう側を見た。
そのとき、ちょうど雲間から月が姿を現した。
月光に照らされ、黒装束たちの顔が見える。

僕は、ようやく満面の笑みを浮かべた。

「成功です！　彼らは右往左往しています！」

アルフレッドが歓喜の口笛を鳴らす中、僕はメルアの両肩を思わず掴《つか》んだ。

「やったね！　メルア！　お手柄《てがら》だよ！」

「お手柄《てがら》だなんて。わたしはこの辺の出身だから、ここに吊り橋があることを知っていただけよ」

メルアは顔を赤くした。

「いや、だとしてもよくぞ思いついてくれた。このギャレット、心から感謝するぞ」

ギャレットもメルアを褒《ほ》めた。

アリアスも嬉しそうにメルアを見つめる。

「ありがとう、メルア。これでだいぶ助かります」

「とんでもございません。お言葉ありがとうございます」

メルアは恐縮し、首《こうべ》を垂《た》れた。

「メルアのおかげでだいぶ時間を稼《かせ》げる。この間に俺たちがやつらをどれだけ離せるかが勝負だ」

アルフレッドが顔を引き締《し》めた。

「うむ。その通りだ。ここで手間取っては、このせっかくのメルアの策が無駄となってしまう」

ギャレットもアルフレッドに同意した。

アルフレッドはうなずき、軽く顎《あご》を上げるなり、大音声《だいおんじょう》を発した。

「お前ら！　全速で駆け抜けるぞっ！」

彼の声は、馬車の外の配下の者たちにも聞こえたようだ。

「おお！」

彼らは喚声《かんせい》を上げ、馬腹を思いきり蹴った。

それに呼応して、馬たちが速度を上げる。

最後尾にいた男たちもすでに馬に乗り、追いついてきている。

僕たちはこうして、黒装束集団の追撃を振り切ることに成功した。

☆

「どうだ？」

「……ダメみたい」

アルフレッドの問いに、僕は首を横に振った。

僕らはメルアの策により、黒装束集団の追撃を振り切ってから、街道を走り続けていた。

その道中、アルフレッドが格闘術の鍛錬《たんれん》を申し出てくれた。

僕はその申し出を受け入れ、狭い馬車の中であったが、鍛錬《たんれん》が始まった。

それは、座った状態で組み手を行うというものであった。

だが、しばらくその方法でやってみたのだが、僕にはレベルアップした感覚がまったくなかった。

そのため、僕はステータス画面を開いて確認してみたところ……

「全然レベルアップしてないのか？」

「まったく上がってないみたい……」

アルフレッドは首を傾《かし》げた。

「なんでだ？　この方法は正式な鍛錬《たんれん》方法の一つなんだがな」

「そうなの？」

「俺の流派に伝わるものだ。どんなに狭い場所でも鍛錬《たんれん》ができるように、開祖が編み出したんだ」

「そうなんだ。その流派の名前はなんていうの？」

「水鏡流《すいきょうりゅう》という。水面に何も波が起こっていなければ、鏡のようになるだろ？　そのように、敵と相対《あいたい》しても心穏やかなれという、ありがたい教えの流派なんだ」

「なんかアルフレッドとは対極にあるような気がするんだけど……」

「本当ね。あなたの口から心穏やかなんて言葉を聞くとは思わなかったわ」

アリアスが横槍を入れた。

「違いねえ。まったく若には不釣り合いな流派ですぜ」

アルフレッドの腹心であるガッソまで笑った。

アルフレッドは眉尻《まゆじり》をキュッと上げて口の端を歪《ゆが》めた。

「ちぇっ！　言ってろ。それより、レベルが全然上がらないのは解《げ》せねえな」

僕もうなずいた。

アルフレッドはしばし考え、それから口を開いた。

「もしかすると、お前の場合、実戦に即した形でないとダメなのかもしれないな」

なるほど、実戦か。

確かに、僕は窪地《くぼち》で生活していたとき、斧で薪割《まきわ》りを何度もしたけど、それで上がったのは薪割《まきわ》りのスキルであって、戦斧術じゃなかった。

なら、組み手をいくらやっても格闘術の鍛錬《たんれん》とは認識されず、レベルアップしないのも理解できる。

僕は念のために、ステータス画面のページをめくってみた。

もしかしたら、組手術スキルとかがあって、そのレベルが上がっているかもしれない。

だが、何ページめくってみても、それらしき項目は見つけられなかった。

その代わりというわけではないが、最後のページに気になる項目があった。

僕がステータス画面を覗《のぞ》きながら首を傾《かし》げていると、アルフレッドが覗《のぞ》き込んでくる。

「どうした？　何か書いてあるのか？」

「いや、ここに『?』っていう項目があるんだけど……」

アルフレッドはさらに首を伸ばして、僕のステータス画面をじっくり確認する。

そして、僕同様に首を傾《かし》げた。

「なんだ～？　こんなの見たことないぞ！」

すると、皆がわらわらと僕のステータス画面を覗《のぞ》き込んできた。

やはり皆も一様に首を傾《かし》げる。

「何かしら？」

アリアスがそう言うと、ギャレットがうなずいた。

「なんでしょうな？　これではまったく何が何やらわかりませんな」

ガッソもその太い首を傾《かし》げている。

「こんなの見たこともないたこともありませんぜ」

アルフレッドが皆の意見を引き取るように口を開く。

「ああ。こんなの誰のステータス画面にもないはずだ。だが、おそらくこの数値こそがカズマのレベルアップの秘密を指し示しているんじゃないだろうか？」

僕はあらためてその『？』という項目を覗《のぞ》き込んだ。

その数値は驚くべきことに、１０００を優に超えていた。

「まったく、何から何まででたらめなやつだな……」

アルフレッドが呆《あき》れ顔で言った。

そう言われても……僕にはわからないし……

そこへ、アリアスがパッと明るい顔をした。

「それなら魔法の練習をしましょうよ。もう一度やってみたらできるかもしれないし」

「こいつには魔力もＭＰもないんだぜ？　なのに、どうやって魔法を扱えるようになるってんだ？」

アルフレッドが反対する。

「やってみなければわからないじゃない！」

アリアスが即座に反論するも、アルフレッドは動じない。

「一回やってダメなら、何回やってもダメだろうよ。それとも何か？　前回とは違う、画期的な練習方法でも編み出したってのか？　それなら話は違ってくるが、どうなんだ？」

アリアスはアルフレッドに言い負かされ、ふくれっ面《つら》となって横を向いた。

それを見たアルフレッドは、僕に向き直った。

「とりあえず修業はおあずけだな。馬車の中じゃ、他の練習方法はないからな」

僕は仕方なしにうなずいた。

「カズマ、馬車を操ってみたらどうだ？」

ギャレットの提案だ。

「僕が馬車を？」

「うむ。お前は様々なスキルがどんどんレベルアップするようだから、馬車も同じく、どんどん上手く操れるようになるのではないか？」

確かに。乗馬に関してもそうだった。

初めは物凄《ものすご》くてこずったけど、ほんの数十秒で感覚を掴《つか》み、一分後には御《ぎょ》することができた。

なら、確かにギャレットの言うように、御者レベルもすぐにアップして、馬車を速く走らせることができるようになるのではないだろうか？

もしそうなら、黒装束たちの追撃を一旦《いったん》は躱《かわ》したとはいえ、彼らは迂回路《うかいろ》などを通ってまた追ってくることも考えられるため、有効な手段となるかもしれない。

僕はギャレットの提案に乗ることにした。

「わかりました。やってみます」

僕は意気込み、御者席へと向かった。

話を聞いていた御者を務めているバーン商会の男が、隣の席を開けてくれた。

僕が礼を言って座ると、彼が言った。

「とりあえず手綱《たづな》を握ってみてくれ。俺もまだ持っているから安心して」

僕は言われるがままに手綱《たづな》を握ってみた。

馬のはみから手綱《たづな》を通して力が伝わってくる。

僕はうなずいた。

「このあとはどうしたら？」

僕は少しずつ馬車の操縦方法を教わり、だんだんとレベルを上げていく。

「あ、いいかも」

僕はまた新たな感覚を掴《つか》んだ。

僕が操る馬車は、どんどんと速度が上がっていく。

「こいつは上手すぎる。もうどう考えても完全に俺より腕が上だ」

男が笑顔で言った。

僕も笑顔でうなずいた。

「ありがとうございます。あなたの教え方がよかったおかげです」

「そんなことはないだろう。まったく、君は凄《すご》いな」

また褒《ほ》められた。

やっぱり照れる。

そのとき、行く手の遥《はる》か先に、ほのかな明かりが見えてきた。

「あ、町かな？」

「どうやらそのようだな」

男は後ろを振り返った。

「若、町です。とりあえず俺は町で馬を手に入れ、馬車から降りようと思うんですが？」

「ああ、そうだな。町に着いたら俺とガッソも降りよう。ギャレットもだ。馬車はできるだけ軽い方がいい。馬屋を見つけて四頭買うとしよう」

アルフレッドが答える。

ギャレットもうなずいた。

「うむ、そうだな。わたしも降りるとしよう。これでだいぶまた速くなりそうだ」

こうして僕らは闇夜を照らすほのかな明かりを目指して、街道をさらにひた走った。


「小さな町だな。馬屋があればいいのだが……」

ギャレットが馬車から街並みを眺《なが》めながら、不安そうにつぶやいた。

「この町は知っているのかしら？」

アリアスが侍女のメルアに尋《たず》ねる。

メルアは首を横に振った。

「いいえ、申し訳ありません。もうこのあたりになりますと、わたしにはわかりません」

「いいのよ、謝らなくて。確かにだいぶ来たものね。メルアの地元からは離れてしまったのね？」

「はい」

そのとき、僕の視界に馬屋の看板が見えた。

「あ、ありました。馬屋です。でも、やっぱり夜遅いから閉まってますね」

僕が見ている方向を、後ろからアルフレッドも見つめる。

「どこだよ？　全然見えないぞ？」

アルフレッドにはまだ見えなかったようだ。

僕は馬屋を指さした。

「あそこだよ」

「……う～ん、どこだよ……全然見えないぞ……」

「ほら、あそこだよ」

そこでようやく、アルフレッドの目にも馬屋の看板が見えたのだろう。

「お、本当だ。お前、本当に目がいいな」

「視力もレベルアップしてるんで」

「なんでもかんでもレベルアップかよ。俺がちゃんと格闘術を教えたら、速攻で抜かされそうだな」

「さあ、どうだかね？」

僕は少しおもねってみた。

すると、アルフレッドが鼻で笑う。

「ふん、そんなこと本当は思ってないんだろ？　まあいいさ、それより馬屋だ」

「でも、もう閉まってるよ？」

「構うものか」

アルフレッドは、僕が座る御者席の横をすり抜け、そのまま馬車を飛びおりる。

僕が驚いていると、アルフレッドはゆっくり馬屋に向かう。

僕は慌《あわ》てて馬車を停めた。

それとほぼ同時に、アルフレッドが馬屋の扉をどんどんと思いきり叩《たた》いた。

「おい！　馬屋！　起きろ！　二階に住んでるんだろ！　起きろって！」

確かに馬屋は二階建てだった。

けれど、住んでいるかどうかは……

と、二階の窓が勢いよく開かれた。

「うっせえぞ！　何を騒いでいやがる！　馬がびっくりするだろうが！」

二階の窓から顔を出した男が、怒りの形相《ぎょうそう》で怒鳴《どな》り散らした。

馬屋の奥にいるであろう馬たちも騒ぎはじめる。

するとアルフレッドが二階を見上げ、さらなる大声で言った。

「お前の方が馬をびっくりさせてんじゃねえか！」

「うっせえ！　いいから黙れ！」

「そうはいかねえんだよ！　とっとと降りてこい！」

「寝てんだよ！　誰が降りるか！」

また馬が騒いだ。

「ほらみろ！　お前の方が馬には耳ざわりみたいだぞ！　いいから早く降りてこい！」

「うっせえって言ってんだろ！　だいたい何の用なんだよ！」

「馬を売ってくれ！」

「ふざけんな！　夜中だぞ！　明日にしろ！」

「そんな時間はねえ！　今すぐいるんだ！」

「そんなの俺が知るか！」

「いいから降りてこい！　降りてこなけりゃ、いつまでも大声を出し続けるぞ！」

ひどいやり口だ……

でも、確かに朝まで待っていられない。

だから仕方がないんだけど……やっぱり馬屋さん、可哀そうだな。

僕がそんなこんなで同情していると、ついに馬屋が根負けした。

「わかったよ！　売りゃいいんだろ！　売りゃ！」

「そうだ。売りゃいいんだよ」

アルフレッドは笑みを浮かべた。

すぐに大きな音を立てて階段を下りてくる音が聞こえてきた。

アルフレッドが待ち構えていると、先ほどの馬屋が勢いよく扉を開けた。

「こんの野郎～、大騒ぎしやがって～」

「すまないな。こっちも急いでるんでな。とにかく四頭売ってくれ」

アルフレッドは笑顔のまま答えた。

「四頭？　そんなにか？」

「ああ。売値の倍を払うぜ」

すると馬屋が驚きの表情を浮かべ、大口を開けた。

「……本当か？」

「もちろんだ。迷惑料も込みだと思ってくれ」

馬屋は突然、にっこりと笑った。

「そうならそうと早く言ってくれよな！　どれでもいいぜ。持っていってくれ」

「じゃあ選ばせてもらうぜ」

アルフレッドは満足そうにうなずいた。

こうして僕らは新たに四頭の馬を手に入れ、速度を上げて一路オルダナ王国を目指す。


馬車は四人もの人を降ろしただけに、かなりの速度を保持している。

とはいえ、それでも馬の方が速いため、先ほどから並走するアルフレッドが速度を上げたり、落としたりして僕のことをからかっていた。

「どうだカズマ！　いくらお前が御者スキルを上げたところで、単騎の俺たちには敵《かな》うまい！」

そんなの当然じゃないか。

馬車を引く馬は二頭立ての二馬力とはいえ、重い荷車を引いているし、その上僕らやグランルビーがたっぷり入った荷物を積んでいるんだから。

「そんなの、アルフレッドが凄《すご》いわけじゃないよ！」

僕がそう返すと、アルフレッドがニヤッと笑った。

「まあな。だが、これでお前がどれだけ凄《すご》かろうと、無理なものは無理だと学べただろう？」

「アルフレッドに言われなくても、わかってたさ！」

僕はムキになって言い返した。

「どうだかな？」

アルフレッドは鼻で笑う。

僕はさらに言ってやろうと思ったが、言葉が出てこずプイッと横を向くことしかできない。

すると、アルフレッドが高笑いをするのが聞こえた。

僕は腹立たしかったが、やはり上手く言葉を返せそうにないため、そのまま無視を決め込む。

見かねたのか、アリアスが頬《ほお》を膨《ふく》らませながら、口を開く。

「なによ！　偉そうに！　カズマはいつだって謙虚《けんきょ》で、あなたとは雲泥《うんでい》の差なんだから！」

アルフレッドは馬上で思いきり肩をそびやかし、顎《あご》をクイッと上げた。

「謙虚《けんきょ》が美徳だって言うのか？　そんな甘ったれた考えじゃ、生き馬の目を抜くこの世界では、到底生きていけやしないぜ！」

「あなたたち商人はそうなんでしょうね？　でもわたしたち……」

アリアスはそこで押し黙り、暗い表情でうつむいてしまった。

僕は、アリアスが故国の現状を思い出してしまったのだろうと思い、何か声をかけようとした。

だが咄嗟《とっさ》には思いつかずに黙り込んでいると、アルフレッドが優しげな声音《こわね》で言う。

「まあ、なんだ……そう気を落とすなよ。そのうちいいことだってあるさ」

アルフレッドは手綱《たづな》を引いて離れていった。

僕は彼の言葉に思わず首を傾《かし》げた。

あれ？　もしかしてアルフレッドって、アリアスがアルデバラン王国の王女だってことに気づいている？

僕はアリアスのことを気にかけつつも、しばらくの間そのことが頭を離れなかった。

第二章　登山？

僕らは三日間、ほぼ休みなく走り続け、目指すオルダナ王国まであと三日というところまで来た。

途中、町を見つけては馬を買い替え、なんとか速度を維持している。食事は町で買ったパンや干し肉を中心に、しかしそれだけでは身体がもたないので、時折モンスターを狩り、人目を避けて焼いて食べていた。

深夜に町に寄れれば宿に泊まることもあったが、夜明け前には発《た》たなければいけなかったため、いずれにしても過酷な強行軍だった。

アリアスたち女性陣は馬車の中でも睡眠《すいみん》を取ることができたが、だからといって日がな一日揺《ゆ》られ続けたため、体力は限界を迎えていた。

無論、ずっと馬を操っていた男たちも、皆疲労困憊《ひろうこんぱい》している。

そんな僕らの目の前に今、高々と聳《そび》え立つ山々が横たわっていた。

「高い……僕がいた窪地《くぼち》とは比較にならない」

確かなことはわからないけど、あらゆるところで富士山より高そうだ。いや、もっとか。

だとすると、四、五千メートル級の山々が連なっているということだ……

僕の後ろから、かなり疲れ切った様子のアリアスが、前方を覗《のぞ》き込んだ。

「サウロ山脈よ」

「山脈……」

なるほど。山脈か。

凄《すご》いな。

大迫力だ。

サウロ山脈は高いだけではなく、左右に果てしなく延びており、その果ては僕の視力ですらも見通せないほどであった。

「まるで自然の要塞《ようさい》だ……」

「ええ、そうね。このサウロ山脈はアルデバランで最も高い山がいくつも連なっているところなの。とてもではないけど、山越えなんて無理ね」

いつの間にか、アリアスは僕の隣に座っていた。

「じゃあ、迂回《うかい》するの？」

「いいえ、この先をよく見て。山脈に縦に亀裂が走っているように見えるところがあるでしょ？」

アリアスに言われてよく見ると、街道の真正面に、確かに縦に亀裂が走っているところがある。

「本当だ！　あそこはもしかして……」

僕が言い終えるのを待たずに、アリアスが言う。

「カンネの関よ。あそこなら、緩《ゆる》やかな坂を千メートルほど行くだけで山を越えられるの」

街道は先ほどから緩《ゆる》やかに坂を上っており、その遥《はる》か先は亀裂の最低部へと繋がっている。

「関所か……大丈夫かな？　越えられるといいけど……」

アリアスも不安そうな顔をする。

「そうね……おそらく、カンネの関は帝国軍で埋《う》め尽くされているでしょうし……」

いつの間にやら、得意げな顔をしたアルフレッドが馬を寄せていた。

「大丈夫に決まっているだろ！　俺が渡した通行手形は正真正銘、バーン商会が発行する本物なんだからな！　それにこの俺、いずれ商会の三代目となるであろうアルフレッド・バーン様が同行しているんだ。問題なくやりすごせるに決まっているぜ！」

だが、アリアスは懐疑的な目をアルフレッドに向ける。

「どうかしら？　わたし、あなたのことなんて信用してませんから！」

そう言い捨てると、プイッと横を向いた。

アルフレッドは口をへの字に曲げる。

「おいおい、ここまで来て今更何を言ってんだ。それとも、ここで引き返すとでも言うつもりか？」

アリアスは答えず、そっぽを向いたままであった。

僕は二人の喧嘩《けんか》に巻き込まれたような気がして少し困ったものの、仲裁する義務もないと思い、知らん顔を決め込むことにした。

やがて、アルフレッドも憤然とした顔をしつつも、馬車から離れていった。

僕はほっとした。

同時に、自分も相当疲れているのだろうと思った。

それというのも、これまでだったら、たとえそれがどんな内容であろうと、誰かとの会話はこの上もなく楽しいものだった。

それなのに、今の僕は二人の間に入ることもなく、やりすごしていた。

だから思うのだ。

かなり疲れてしまっているんだろうと。

でも、まだ疲れたなんて言っていい状況じゃないはずだ。

僕はため息をつくと、視線の先の関所を見つめて心を引き締《し》めた。


僕らはカンネの関の手前にある小さな町に入ると、一旦《いったん》ここできちんと休息を取ることとした。

この三日間の強行軍で皆が疲弊《ひへい》しており、この先の難所を越える際でも集中力を欠き、致命的な失敗を侵さないとも限らない。そのため一度しっかり身体と頭を休めようということになったのだ。

僕らは適当な宿屋を見つけると、早速各自部屋に向かった。

ただ、この町にも帝国軍兵士がそこかしこにいたのは不安の種ではあった。

「じゃあお休み」

その後、僕は隣の部屋に泊まるアリアスに挨拶《あいさつ》をした。

「ええ、お休みなさい。カズマもギャレットも、ちゃんとしっかり休んでね。あなたたちは、わたしたちよりも遥《はる》かに身体を酷使しているんだから」

アリアスの優しい言葉に、ギャレットが大仰《おおぎょう》に反応した。

「はっ！　痛み入ります！」

アリアスはうなずくと、部屋に身体を滑《すべ》り込ませながら言った。

「じゃあね」

僕らは、アリアスが部屋の中に入るのを確認すると、それぞれの部屋へと入っていった。僕とギャレットは同じ部屋だ。

「結構いい部屋ですね」

部屋の中は簡素ではあるが、清潔だった。

「うむ。悪くない。とは申せ、殿下が泊まるような宿ではないのだが……」

僕に同意したあとで、ギャレットは申し訳なさそうにうつむいた。

僕はなんと声をかけていいものか悩んだものの、意を決して声をかける。

「確かに王女様が泊まるようなところではないかもしれませんが、アリアスは気にしてないと思います。だってそれを言ったら、荷馬車に揺《ゆ》られることも、今までだったら有り得ないことですし」

しかし、ギャレットはさらに肩を落とした。

「……殿下に申し訳ない……かような苛酷《かこく》な思いをさせ、このギャレット、忸怩《じくじ》たる思いだ……」

僕はかける言葉を間違えたようだ。

ギャレットは今にも泣き出しそうな顔をしている。

なんとか話を変えないと！

「あの……それはそうと、町にはやっぱり帝国軍がいっぱいいいましたね」

これが上手くいったのか、ギャレットは涙声ながらも持ち直した。

「うむ。そうだな。あれだけ帝国軍がいたならば、中には殿下の顔を見知っている者もいるやもしれず、内心ヒヤヒヤしていたわ」

どうやら話を逸《そ》らすことに成功したらしい。

よし、このまま行こう！

「僕もです。いつバレるかと心配ばかりしていました」

「うむ。だがまだ油断はならんな。なんといっても、カンネの関を越えねば安心できんというものだ」

「そうですね」

そうだ。とにかくカンネの関を越えることだ。

そうすれば一安心だと、みんな言っていた。

「そのためにも身体を休ませねばな」

ギャレットが笑みを浮かべた。

僕は力強くうなずいた。

「ええ。そうですね」

ギャレットも僕に力強くうなずき返した。

そうして僕らは疲れた身体をベッドに預け、目を瞑《つぶ》ると、あっという間に眠りについた。


久し振りに朝まで寝ることができた僕らは、スッキリした顔をして宿屋のロビーに集結した。

「おはよう！」

「おはようございます！」

思い思いに朝の挨拶《あいさつ》を交わす。

こころなしか挨拶《あいさつ》も元気だ。

「おはようカズマ！」

「おはようアリアス！」

アリアスの顔にも、爽《さわ》やかな笑みが浮かんでいる。

僕はそれを見て、ひとまずホッと胸を撫《な》で下ろした。

実は、僕は少し心配していたのだ。

アリアスは、もしかしたら充分に睡眠《すいみん》を取れていないかもしれない、と。

一度寝込みを襲われたことがトラウマになっていないかと心配だった。

その後、襲ってきた黒装束集団を吊り橋を斬り落とすことによって撒《ま》いたが、あの足の速さから考えて、いつまた追いつかれてもおかしくはない。

だから、昨夜も一応僕は警戒するつもりだった。

そう……そのつもりだったのだが……

よほど疲れていたのか、ベッドに飛び込むなりすぐに眠りについてしまった。

夜中に一度目を覚ましたときは、本当に焦《あせ》った。

そして、慌《あわ》てて廊下に出ようとするところを、同室のギャレットに気づかれた。

「うん？　どうした？」

「いや、周囲を警戒するつもりだったんだけど、気がついたらぐっすり眠っていて……」

ギャレットはベッドに寝転んだまま愉快そうに笑った。

「大丈夫だ。わたしが警戒していた。何も起こっておらんから安心しろ」

僕はホッとした。

「よかった〜、でもそれなら、ギャレットさんは寝てないですよね？　この後は僕が起きていますから、ギャレットさんはどうぞ寝てください」

すると、ギャレットが笑みを浮かべた。

「大丈夫だ。わたしは訓練をしているから、浅い眠りに入ったまま周囲を警戒できるのだ」

「そうなんですか？」

だとしたら凄《すご》いけど……

「本当だ。だから、安心してカズマは休んでくれ」

そうなんだ。訓練で。

頼りになるな。

そう考えていたら、ギャレットがくすりと笑った。

僕が思わず怪訝《けげん》な顔をする。

「いや、こんなことでも役に立てて嬉しいと思ってな。ここに至るまで、カズマにはずっと世話になりっぱなしだったからな」

そうか。そんな風に思ってくれていたのか。

「いえ、とんでもないです。じゃあ、お言葉に甘えて休ませてもらいます」

僕がそう言うと、ギャレットは本当に嬉しそうにうなずいた。

「ああ、お休み」

「お休みなさい」

そうして、僕はギャレットのおかげで、スッキリとした爽《さわ》やかな朝を迎えられている。

「おはよう、アルフレッド」

僕はロビーに顔を出したアルフレッドに挨拶《あいさつ》した。

「ああ」

だが、アルフレッドは仏頂面《ぶっちょうづら》だった。

僕が少しだけ腹を立てていると、僕の代わりとばかりに、アリアスが憤《いきどお》りの声を上げてくれた。

「あなた！『おはよう』と挨拶《あいさつ》したカズマに、『ああ』なんていう返事はないわよ！」

「……ああ、そうかい」

アルフレッドがさも面倒そうに返す。

かなりつれない態度のアルフレッドに、アリアスが本格的に怒り出した。

「ちょっと！　わたしにまで『ああ』じゃないわよ！　ちゃんと挨拶《あいさつ》しなさいよ」

しかし、アルフレッドはアリアスを相手にせず、先ほどから何やら配下の者らと話し合いをしているガッソに語りかけた。

「どうだって？」

厳しい表情で語りかけるアルフレッドに、ガッソもまた眉間《みけん》にしわを寄せて答えた。

「あまりいい状況とは言えませんね」

「多いのか？」

「ええ、かなり」

僕は二人の会話の内容が気になり、問いかけた。

「なんの話ですか？」

「いやなに、帝国軍兵士の連中が町中にうじゃうじゃいるのさ」

ガッソがそう教えてくれた。

「昨日の夜より？」

「ああ。昨日の倍くらいの感じだな」

それはまずい。

帝国軍兵士の数が多ければ多いほど、アリアスの顔を知っている者の数が増えることになる。

昨日だって、この宿に着くまでの間、帝国軍兵士の多さにハラハラしたっていうのに。

その数が倍となったら、当然危険度も倍に跳《は》ね上がってしまう。

「まさか、これほどの兵士を帝国が寄越してくるとはな……」

アルフレッドも眉間《みけん》にしわを寄せている。

アリアスを見ると、話が横にズレたことに怒っているのか、頬《ほお》を軽く膨《ふく》らませている。

だが事は重大だ。

挨拶《あいさつ》がどうのと言っている場合じゃない。

アリアスもそれはわかっているのか、口を挟んでは来なかった。

なので、僕は多少アリアスを気にしながらも、話を続ける。

「じゃあ、どうするの？」

ガッソが肩をすくめた。

「さてな、ギャレットに言わせると、そのお嬢さんは貴族の令嬢なんだろ？」

ギャレットとの話し合いで、アリアスはさる大物貴族のご令嬢ということになっている。

「そ、そうだよ。本当の身分は言えないけど……」

僕は話を合わせた。彼らの前でアリアスと呼んでしまったため、名前を誤魔化《ごまか》せないのは痛いが、そこは強引に押し通している。アルフレッドたちも、バーン商会の名前を騙《かた》りさえしなければ、深く追及してこなかった。

「わかってる。だが、問題は帝国兵士の中に、見知っている者がいた場合だな」

僕はうなずいた。

「確かに。通行手形が本物でも、顔バレしちゃったら、手形の意味がなくなってしまう……」

「そういうことだ」

アルフレッドは黙ってアリアスの横顔を見つめ、やがて口を開いた。

「よし！　だったら、変装してもらうしかないだろうな」

変装して再び姿を現したアリアスに、皆が絶句し、下を向いてしまった。

「……くっ……や、やあ、アリアス……いいんじゃないかな……」

その様子に僕はまずいと思い、挨拶《あいさつ》をした。

「……何、カズマ？　言いたいことがあるなら、はっきり言うといいわ」

だが、アリアスは非常に不機嫌な様子で、僕の目を見つめる。

僕は両の掌《てのひら》を開き、顔の前で力いっぱい振るった。

「い、言いたいことなんて別にないよ！　ただ、その……そう！　上手く変装できていると思うよ！」

アリアスの剣幕にたじたじとなって、気づけば後退《あとずさ》りしていた。

するとアリアスが、真っ赤なチークをでかでかと描かれた頬《ほお》を膨《ふく》らませて、ひと言。

「あっそ！」

黒いアイシャドウで一直線に繋がった眉《まゆ》を寄せ、めいっぱい首を振ってそっぽを向いた。

僕が込み上げてくる笑いを必死に噛《か》み殺していると、いつも憎《にく》まれ口のアルフレッドが現れた。

アリアスは彼に見られたくなかったのか、この場を離れようとした。

しかし、アルフレッドは素早くアリアスの前に躍《おど》り出た。

ギョッとし、手で顔を隠そうとするアリアス。

アルフレッドは、すかさず彼女の手首を掴《つか》んだ。

「ちょ、ちょっと！　何をするのよ！」

アルフレッドは答えず、アリアスの顔をまじまじと見つめる。

「悪くない。これなら顔を知っている者がいても、パッと見ではわからないはずだ」

彼は笑うでも、馬鹿にするでもなく言った。

アリアスは意外そうな顔をするも、まだ自分の手首が掴《つか》まれていることに気づき、慌《あわ》てて激しく振りほどいた。

「離しなさいよ！　失礼なやつね！　まったく！」

アルフレッドは眉《まゆ》を跳《は》ね上げた。

「別にいいじゃねえかよ、このくらい」

「よくはないわよ！　馬鹿！」

アルフレッドは、アリアスを指差しながら、僕の方を向いた。

「なあ、なんでこんなに機嫌が悪いんだ？」

しかし、僕が答えるより早く、アリアスがアルフレッドに噛《か》みついた。

「人のことを指差さないで！」

アルフレッドは肩をすぼめた。

「お～怖っ。なんか知らねえが、変装はいい出来だから準備が済み次第、出発しようぜ」

そう言って、馬車を見てくると外に出ていった。

アリアスは、そんなアルフレッドの背中に向かって、可愛《かわい》く舌を出した。

僕はまた、二人のやり取りを横目で見るだけで、割り込めなかった。

「よし！　それじゃあ、出発するぜ！」

皆が出発の準備を整えると、アルフレッドが馬上から、皆に向かって号令をかけた。

「おう！」

バーン商会の者たちが威勢よく応じた。

僕ら一行は、カンネの関を越えるために宿屋を出発する。

「大丈夫かしら？」

馬車の手綱《たづな》を握る僕のすぐ後ろに陣取っていたアリアスが声をかけてきた。

僕は何気《なにげ》なく振り向いた。すると、化粧《けしょう》を塗りたくったアリアスの顔が目に入った。

そのため、僕はすぐに前を向いた。

「そろそろ慣れてよ」

アリアスが少しだけ不機嫌な声で言った。

僕は振り向かずに、首をブンブン勢いよく縦に何度も振った。

「で、どう思う？　通れるかしら？」

アリアスはとても心配そうな声だ。

僕は真面目《まじめ》に考えた。

アリアスのメイクはかなりどぎつく、ちょっと見ただけではわからない。

でもまじまじと見られたら……バレるだろう。

やっぱり、アリアスは顔の造りがいいのだ。

どんなに面白メイクをしたところで、その下の高貴な美しさを隠しきれてはいないと思う。

だから、まじまじと見られないことが重要に違いない。

そういう意味では、アルフレッドからもらった本物の通行手形の存在は大きい。

あれがあれば、まず疑いを持たれることなく通れるはずだ。

「大丈夫だよ。心配ないと思うよ！」

僕は心配そうなアリアスを勇気づける意味でも、人一倍元気に言い切った。

「そうね。やることはやったわけだし、あとはなるようになるわね」

アリアスが少しだけ明るい声で言った。

「うん！　僕もそうだと思うよ！」

僕はそう答え軽く手綱《たづな》を振るい、バーン商会の者たちが駆る馬を追った。

☆

「関を通ろうとする者は一列に並べ！」

関所の衛兵が叫《さけ》んでいる。

僕は手綱《たづな》を緩《ゆる》めて速度を落とし、列の最後尾につこうとした。

ゆっくりと回る車輪。

ギイ……ガタン……ギイ……ガン……ギイ……ギ……

静かに車輪が回転を止めた。

「後はゆっくり、順番が来るのを待つだけだね」

僕はアリアスの方に振り返った。

「ええ、そうね。このまま……上手くいってくれればいいけど……」

「大丈夫だよ。本物の通行手形があるんだから」

「そうね……そうだといいわ……」

アリアスは何か胸騒ぎでもするのか、胸のあたりを押さえている。

実を言うと、僕も先ほどからなんとも言えない不安が頭をもたげていた。

その不安を払拭《ふっしょく》するように、こうしてアリアスと会話を続けているのだが……

そのとき、長く伸びた列の先頭で騒ぎが起きた。

どうやら通行手形に不備でもあったらしい。

衛兵と押し問答をしているようだ。

関所のすぐ脇に設置されたテントの中から、複数の帝国兵士が姿を現した。

「何を騒いでいる！」

先頭の兵士が、押し問答をしている衛兵と商人たちに向かって声を張り上げた。

よくは聞こえないが、商人はすがるように、その兵士に対して頭を下げる。

おそらく、関所を通してほしいと訴えているのだろう。

だが遠目で見る限り、他の兵士たちは薄ら笑いを浮かべるだけだった。

「ダメだ！」

先ほどの兵士が商人の訴えを退けた。

商人は彼の足にとりすがる。

あ、商人が懐《ふところ》から何か取り出した。

と思ったら、それを兵士に渡したぞ。

兵士がにやりと笑った。

そうか、賄賂《わいろ》か……

商人は他の兵士たちにも賄賂《わいろ》を配っていく。

なんか嫌なシーンだな。

でも、商人からすれば必死なんだろうな。

よくはわからないけど、この関所を越えなければ商《あきな》いが滞《とどこお》ってしまうのだろう。

兵士たちもそれがわかっているから、難癖《なんくせ》をつけて賄賂《わいろ》を要求しているのかもしれない。

だとしたら、許せない。

なんてやつらだ。人の弱みにつけ込んで。

僕がそんなことを思っていると、突然テントの中から驚くべき人物が姿を現した。

「おいおい、こいつらにずいぶんといいもの渡してるじゃないか。だったらこの俺様には、もっとたっぷりといただけるんだろうな？」

黒蛇隊《こくじゃたい》を率いて何度も僕たちを苦しめたソウザ・デグラントだ。

最悪だ……

またあいつの顔を見ることになるなんて……

しかも、こんなところで。

くそっ！

僕は思わず舌打ちをした。

「まずい！　ソウザがいる！」

僕は慌《あわ》ててかなり早口だった。

「え？　今、なんて言ったの？」

だからか、アリアスには通じなかった。

それに、そもそも彼女にはまだソウザが見えないし、声も聞こえないんだ。

でも、僕には間違いなくあの忌々《いまいま》しい男の顔が見え、声が届いている。

「ギャレットさん！」

「どうした、カズマ？」

「関所にソウザがいます！」

ギャレットはすぐに理解してくれた。

「なんだと！　ソウザだと！　やつめ！　先回りしておったか……」

「ソウザ……あの男が……」

アリアスもようやく事態を理解してくれた。

でも、今は彼女に構っている暇はない。

「あの男がいては、関所を突破することはできません！」

ギャレットがうなずいた。

「うむ、そうだな。やつは殿下だけではなく、わたしやお前の顔もよく見知っておるからな」

アルフレッドとガッソが、僕たちのただならぬ様子に気づいたようで、何事かと寄ってきた。

「どうかしたか？」

僕たちは手早く、ソウザのことを説明した。

すると、二人は難しい顔をした。

「そいつは困ったことになったな……」

アルフレッドが言う。

「うん。アリアスはともかく、僕たちが化粧《けしょう》をしたら、すぐにバレると思うし」

アルフレッドは、僕とギャレットの顔を何度も見比べた。

そして、あまりにも深く長いため息をついたのだった。

「とてもじゃないが、見られたもんじゃない、とんでもない化け物が誕生するだろうな」

化け物って……

僕もそれに近いことは思うけど……

それにしても、化け物はひどすぎないか？

ていうか、アルフレッドに言われるとなんか腹が立つな。

でも、そんなことは今はどうでもいいことだ。

大事なのは、この目の前の窮地《きゅうち》をどうやって切り抜けるかだ。

「とにかく、僕らはこのまま関所を越えることはできないよ！」

アルフレッドが僕に同意する。

「見たところ、数千単位の軍が展開しているようだ。なら、別のルートを行くしかないだろう」

関所の両脇にはそれぞれ千人規模の軍が待機していた。

いくらなんでも、あの間をすり抜けるなんて無茶すぎる。

ここはアルフレッドの言うとおり、別の道を行くしかない。

だけど……

「今から列を離れたら、目立たないかな？」

「ああ。馬車が列を抜けるのはまずい。少人数で離れて、馬車はこのまま関所を通ってもらおう」

アルフレッドの提案に、僕はすぐにうなずいた。

ギャレットやアリアスにも異存はないようだった。

アルフレッドは皆の反応を確認するなり、配下の者たちに指示を出した。

そしてそれが終わると、再び僕らに開き直った。

「俺とガッソ、そしてあんたら三人は、この列を離脱する。いいな？」

僕らに否も応もなかった。

それから、僕の代わりの御者役なのだろう、アルフレッド配下の者が御者席に乗ってきた。

「お願いします」

僕はその者に手綱《たづな》を渡して、馬車から飛び下りた。

振り返ると、侍女のメルアとルイーズが泣きながら、アリアスにすがりついていた。

アリアスは二人に対して、これが今生の別れとなるわけではないと諭し、馬車を降りる。

僕は、アルフレッドが用意してくれた馬に乗ると、アリアスに手を差し伸べた。

アリアスは僕の手を取り、僕の後ろに乗った。

「よし、静かに離脱するぞ」

アルフレッドが小声で号令を発した。

僕たちは無言でうなずき、馬を歩かせはじめる。

そうして僕とアリアス、ギャレット、アルフレッド、ガッソの五人は、馬車を関所の列に置き、
一度来た道を引き返した。

「ゆっくり行こう。慌《あわ》てるなよ」

先頭を行くアルフレッドが、振り向くことなく言う。

僕も黙って馬を歩かせる。

この道を通るすべての人がオルダナ王国へ向かうわけではない。

当然ながら、オルダナ王国からアルデバラン王国へと旅してきた者たちもいるのだ。

僕たちはその人たちに紛《まぎ》れて、来た道を戻っていく。

「よし、この道を逸《そ》れよう。ゆっくりな」

アルフレッドが目の前の分かれ道を指して言った。

僕らはうなずいて、アルフレッドの後を行く。

そうして、僕らはなんとか目立つことなく、カンネの関から離れることに成功した。

進んでいくと、山道に変わった。

次第に周囲が鬱蒼《うっそう》と生い茂る森になっていった。

途中、この山道を行く者たちの休憩《きゅうけい》場所として用意されているのか、ちょっとした広い空間があり、そこには椅子《いす》代わりの切り株が十個ほどあった。

アルフレッドも見つけたようで、僕たちに振り返った。

「よし、一旦《いったん》あそこで休憩《きゅうけい》しようぜ」

僕らは広場の周囲の木々に馬を繋げると、それぞれ切り株の上に座った。

「まあとりあえず、見つからずに済んでよかったな」

アルフレッドが言った。

僕もソウザの顔を思い出し、ほっと胸を撫《な》で下ろした。

「本当に。あんなところで見つかったら最悪だったと思うし」

「そうだな。とはいっても、窮地《きゅうち》は続くがな」

その通りだ。

関所を通れなかった以上、僕らは山越えすることになるんだけど……

「どうなんですか？　この山って越えられるんですか？」

僕の問いに、アルフレッドが答えた。

「まあ、越えられないこともないだろうが……厳しいな」

「この道は山道だから、ここをずっと行けば越えられるってことですよね？」

今度はガッソが口を開いた。

「いや、この道は山の中腹に住む者たちのところに繋がる道だと思うぜ。だから、おそらく途中までだ」

「ということは……そこから先は？」

「道を切り開いていくしかねえってことさ」

ガッソは肩をすくめた。

道を切り開く……

つまり、道はないってことか。

僕は思わずアリアスを見た。

大丈夫かな？

僕らはともかく、アリアスが道なき道を、それも標高四千メートル以上の山を越える——いや、登ることができるのだろうか？

いや、無理だ。

アリアスが登れるわけがない。

ならばどうするか。

決まっている。

僕が背負うんだ。

大丈夫、僕ならできるさ。

僕が決意を固めると、アリアスは顔の化粧《けしょう》を水筒の水で濡らした布で一生懸命拭《ぬぐ》っていた。

「どう？　落ちた？」

だがその顔は、化粧《けしょう》が落ちずに伸びてしまったらしく、まるで様々な絵の具が混ざりあったパレットのような状態であった。

「い、いや……全然……」

僕は笑いをこらえつつ、なんとかそれだけ言った。

アリアスが憤然と頬《ほお》を膨《ふく》らませて、

「もう！　いいわ！」

と背中を向け、引き続き必死に布で顔を拭《ふ》いた。

その様子は、通常ならば微笑《ほほえ》ましいものであったはずだが、これから先の困難な道のりのことを思うと、僕の顔からは少しずつ笑みが消えていった。


「……ふう…………ふう……」

先ほどからギャレットの呼吸が荒い。

足元もかなりふらついている。

山道が終わり、胸の高さまである雑草をかき分けて山を登ること一時間あまり。

僕が背負うアリアスを除く四人の中では、ギャレットの疲労が目に見えてひどい。

心配になった僕は、前を行くギャレットに声をかけるべきか悩んだ。

だがそんな僕より先に、背中におぶっているアリアスが口を開いた。

「ギャレット、大丈夫？」

ギャレットからは返事がない。

先頭を行くアルフレッドが振り返った。

「大丈夫じゃないみたいだな。おい、しっかりしてくれ」

「あ……ああ……ふう……大丈夫だ」

アルフレッドが前から声をかけたことで、ようやくギャレットは気づいた。

「大丈夫なわけないだろう。お嬢さんが声をかけたのに気づかなかったろ？」

そう指摘され、ギャレットは振り返った。顔には滝のような汗をかいている。

「……何か仰《おっしゃ》いましたか……」

「これ以上は無理ね。どこか休憩《きゅうけい》できるところは……」

アリアスがギャレットを見かねてそう言うと、最後尾を行くガッソが、

「あそこにしやしょう」

と、木々の隙間《すきま》から見える、平らな空間を指さした。

「よし、あそこで休憩《きゅうけい》だ。俺も疲れたしな」

アルフレッドが応じる。

僕たちは雑草をかき分けつつ、斜面を平行移動して休憩《きゅうけい》場所へと向かった。

そしてたどり着くなり、ギャレットが倒れ込むように尻もちをついた。

僕は背負ったアリアスを降ろすと、ギャレットに声をかけた。

「水はありますか？」

ギャレットは静かに首を横に振った。

「……いや……もうない」

「でしたら、僕のを飲んでください」

僕は腰にぶら下げていた水筒をギャレットに差し出した。

この水筒は山道の終着点の村で人数分購入したものだが、ギャレットはすでに自分の水を飲み干してしまったようだ。

「……いいのか？」

ギャレットは朦朧《もうろう》としている。

「もちろん！　僕はほとんど飲んでいないので」

そこへ、アリアスが割って入った。

「それならわたしの水筒を。わたしはカズマに背負ってもらっているだけだから、わたしの水筒をギャレットに渡しておくわ」

「……いや、しかし、それをいただくわけには……」

「いいの。わたしの喉《のど》が渇《かわ》いたら、カズマから少しもらうから。ギャレット、この水筒を使って」

「……かたじけない……」

ギャレットは首《こうべ》を垂《た》れつつ、アリアスから水筒を受け取った。

そして水筒の蓋を取って、中の水を喉《のど》に流し込んだ。

「……ふう……生き返るようだ……」

ギャレットの顔に笑みが戻った。

だが、どう見ても疲労困憊《ひろうこんぱい》といった様子だ。

それほどにこの山は険《けわ》しい。

アルフレッドたちも平静を装っているが、かなり疲れているにちがいない。

一息ついたらしいギャレットが、頭を下げた。

「すまない……足を引っ張ることになって……」

僕は慌《あわ》てて手を振った。

「とんでもない！　気にしないでください」

「お前は凄《すご》いな……でん……いや、お嬢様を背負って、こんな急峻《きゅうしゅん》な山を登るなんて……」

疲れ切ったギャレットが、アリアスのことをつい殿下と言いかけたものの、アルフレッドたちも疲れているためか、気づかれなかったようだ。

僕は少しだけドキッとしたが、何事もなかったように装う。

「いえ、僕の場合は、なんでもレベルアップしちゃうみたいなんで」

「そうだな……つくづく凄《すご》いスキルを持っておる……どんなことでも次々にレベルが上がっていくのだからな……うらやましいものだ」

確かに。

僕は恵まれている。

本当にそう思う。

こっちの世界では、僕はどんどん能力を得て、万能に近い存在にだってなれそうだ。

うらやましいと思う人だっているだろう。

本当にここは、僕にとって天国だ。

何より、こうやって人の役に立てる。

皆が僕を頼りにしてくれる。

それが嬉しい。

こっちの世界に来てよかった。

心からそう思う。

反対に、こうも思う。

絶対にあっちの世界には戻りたくない。

あんな世界になんて……


「これで、少しは回復してくれるといいんだけど……」

アリアスが回復魔法をギャレットにかけた。

かけられるなり、ギャレットは大きく息を吐《は》き出した。

「もったいないことにございます。おかげさまでこのギャレット、元気になりもうした」

ギャレットは意気軒昂《いきけんこう》に自らの胸をどんと一つ叩《たた》いた。

でも、僕の目からは疲れが取れているようには見えない。

確かに、多少はましになっているが……

アリアスの回復魔法では、限界があるのだ。

でも、ここは無理をしてでも登ってもらうしかない。

すると同じことを思ったのか、アルフレッドがギャレットに対して声をかけた。

「きついだろうが、あと少しだ。ここが頑張《がんば》り時だと思ってくれ」

ギャレットは大きくうなずいた。

「もとよりそのつもり！　こんなところで音《ね》を上げるようなことはせぬ！」

カラ元気ではあろうが、力強く言った。

アルフレッドも承知の上だろうが、笑みを浮かべた。

「それくらい元気なら問題ないな！　よし、出発しようぜ！」

そうだ。ここは行くしかない。

この山を越えない限り、目指すオルダナ王国にはたどり着かない。

ギャレットには頑張《がんば》ってもらうしかないんだ。

僕たちはそうして再びアルフレッドを先頭に、険《けわ》しい山をひたすら登っていくのであった。

「止まれ！　隠れろ！」

先頭を行くアルフレッドが、小さな声で鋭く言った。

僕はただちに止まり、すぐそばにあった岩の裏に隠れようとしたものの、疲労困憊《ひろうこんぱい》のギャレットは、僕の前にいるにもかかわらず聞こえなかったようだった。

僕は慌《あわ》てて右手を伸ばしてギャレットの裾《すそ》を引っ張り、岩の陰に引き込む。

朦朧《もうろう》とした表情で振り向くギャレットに、僕は先頭のアルフレッドを指さした。

アルフレッドは別の大きな岩の陰に隠れつつ、山の頂上付近を見つめながら言った。

「兵がいる」

えっ！

僕も山を見上げた。

この辺は標高が高すぎて木々は一切生えていない。

ごつごつとした岩肌《いわはだ》がむき出しになっている状態だ。

だがそんな山の上方には、アルフレッドの言うように、帝国軍の兵士があたりを警戒するように何人もうろついていたのだった。

気づかなかった。

僕の方が視力がいいのに。

そうか。どうやら僕も、思っているよりも疲れているらしい。

確かに上を警戒するのを忘れていた。

いけない。しっかりしなくちゃ。

それにしても、アルフレッドは凄《すご》いな。

彼だって疲れているだろうに、よく上を警戒していたな。

これは、経験の差なのかもしれない。

アルフレッドは若いけど、僕よりは年上だし、こういった経験に富んでいるようだ。

だからだろう。

彼は常に行く先を警戒し、僕にはそれができなかった。

気をつけよう。僕も、アルフレッドのようにできるようにならなくちゃ。

僕のこうした思考を遮《さえぎ》るように、アルフレッドが口を開いた。

「見たところ十人はいる。だがもしかしたらそれ以上かもしれない」

アルフレッドの言う通り、ここからは全貌が見えない。

頂上付近は切り立っているように見えるが、もしかすると平らなところもあるかもしれない。

もしそうなら、もっと多くの兵士が隠れていてもおかしくはない。

ここからの光景だけで判断するのは危険だろう。

だがそれでも、行くしかない。

兵士が何人いようが、構わずに突き進むしかないんだ。

僕と前方のアルフレッドの視線が合った。

アルフレッドが無言でうなずく。

彼もどうやら僕と同じ考えらしい。

そうだ。

戦いによって道を切り開くんだ。

それ以外の道なんて、僕らにはないんだから。

僕は背中のアリアスを降ろしてから素早く前進して、アルフレッドが隠れている岩の陰に滑《すべ》り込むと、意を決して言う。

「行こう、アルフレッド！」

アルフレッドはうなずいた。

「ああ。行くしかないからな。だが、まだ敵の数がわからん」

「でも、ここでずっと見てても敵の実数はわからないよ。ここからだと、あの兵士たちが立っている切り立った部分の向こう側は見えないし、他の兵士たちがこちらに降りてくるとも思えない」

「それもそうだな。となると、いきあたりばったりで突っ込むしかなくなるが……」

アルフレッドは言葉を切って、僕をじっと見つめた。

「お前、槍なら、自信ありなんだよな？」

今度は僕がうなずいた。

「うん。殴《なぐ》り合いじゃなければ、僕は強いよ」

「ふん、ずいぶんと自信満々じゃないか」

「見たことあるでしょ？　僕なら問題ないよ。それよりアルフレッドこそ、大丈夫？」

「はっ！　この俺の心配はいらねえよ。俺は強えからな」

アルフレッドが肩をすくめた。

「そう。じゃあ一気に行こう」

「ああ。そうしよう」

アルフレッドは、最後尾にいるガッソに合図を送った。

ガッソは大きくうなずいた。

「お嬢さんとギャレットはガッソに任せよう。突っ込むのは俺とお前だ。いいな？」

「もちろん！」

「よし、なら三つ数えたら一気に突っ込むぞ」

「わかった」

僕の同意を得るや、アルフレッドは数を数えはじめた。

「一」

僕は高鳴る胸を軽く左手で押さえながら、右手の蒼龍槍を強く握りしめた。

「二」

そして、頭上に見える帝国軍兵士を睨《にら》みつける。
「三！」
アルフレッドが数を言い終えると同時に、僕は勢いよく岩の陰から躍《おど》り出た。
まだ帝国軍兵士たちは僕らに気づいていない。
気づかれる前にできるだけ近づきたい。
僕は両足にさらなる力を込めて、山肌《やまはだ》を駆け上る。
いける！
彼らは直前まで僕らに気づかなかった。
そして、気づいたときにはもう遅い。
僕は右手に持った蒼龍槍を背中に回した。
それから反動をつけて、力いっぱいに横に振った。
金属製の槍が、同じく金属製の鎧にぶち当たり、轟音《ごうおん》が響く。
僕は一撃のもとに二人の兵士を吹き飛ばした。
そのまま一気に身体を押し上げ、彼らの前に出る。
いる！
いっぱいいる！
やっぱり見えないところに平場があった。

しかも、奥の方にも別の平場がある。
その二つの平場は、両側が切り立ったとても細い道で繋がっていた。
二つの平場に、敵兵はあわせて百はいるだろうか。
「敵襲！」
近くの帝国兵が、僕の存在に気づいて叫《さけ》んだ。
一斉に彼らが僕を見つける。
だが構わない。
僕は縦横無尽に槍を振るう。
次々に蒼龍槍によって帝国兵が吹き飛んでいく。
このまま一気に全員片づけてみせる！
でないと、関所にいるソウザに連絡がいってしまう。
そうなったら、大軍相手の大戦《おおいくさ》だ。
その状況はなんとしてでも避けねばならない。
こちらにはアリアスがいる。
彼女を護《まも》って大軍と戦うのは、かなり難しい。
だから、ここで一気にこの百の兵を倒す！
「うおおぉぉーーーー！」

手前の平場の兵士たちが喚声《かんせい》を上げながら、雪崩《なだれ》を打って僕に押し寄せてくる。

「やっぱり速いな、お前！　ようやく俺も参戦だぜ！」

アルフレッドが僕の背中から躍《おど》り出る。

だが、それで敵の勢いが止まるはずがない。

「敵はたかだか二匹だ！　早々に片づけてしまえ！」

指揮官と思われる男が、奥の平場の後方で叫《さけ》ぶ。

誰がたかだか二匹だ。

僕らは手ごわいぞ！

「舐《な》めるな！」

僕はそう叫《さけ》ぶや蒼龍槍を一閃《いっせん》した。

再び轟音《ごうおん》が鳴り響く。

三人の帝国兵が血飛沫《ちしぶき》を上げて宙を舞う。

アルフレッドも、凄《すさ》まじい勢いで両の拳を繰《く》り出し、三人の帝国兵を瞬時に屠《ほふ》っている。

驚きたじろぐ前線の兵士たち。

その背後から指揮官が叱咤《しった》する。

「貴様ら！　怯《ひる》むな！　引けばソウザ様からお仕置きを喰らうぞ！」

途端に前線の兵士たちに勢いが戻った。

皆、血相を変えて僕らに飛び込んでくる。
「う、う、うおおおおおぉぉぉぉ！」
なんなんだろう……ソウザのお仕置きって……
いや、今はそんなことを考えている場合ではない。
僕は迫りくる帝国兵士たちを、次から次へと蒼龍槍の餌食《えじき》にする。
槍に弾き飛ばされて宙に舞う者もいれば、地面にもんどりうって倒れる者もいた。
横を見ると、アルフレッドも優勢に戦いを進めているようだ。
よし、いけるぞ！　このまま一気に――
だがそのとき、奥の平場にいる指揮官と思われる者が突然叫《さけ》んだ。
「手前の小僧《こぞう》めがけて、撃てーーーー！」
次の瞬間、凄《すさ》まじい閃光《せんこう》が僕の目を襲った。
僕は思わず左手を顔の前にかざした。
僕の身体は物凄《ものすご》い轟音《ごうおん》とともに、まばゆい光に包まれる。
何が起こった？
と同時に、全身に凄《すさ》まじい震えが！
「がっ！」
ダメだ！　身体の震えが止まらない。

それに意識が……飛びそうだ……

「ぐぅ……」

身体も動かない……まるで僕の身体が、僕のものじゃなくなったみたいだ。

これは、もしかして痺《しび》れているのか？

だとしたらあの光は……

ああ、まずい……意識が……

だが、身体の震えは突然治まった。

同時にあたりを覆っていたまばゆい光も、跡形もなく消え去った。

よかった……なんとか意識を失わずに済んだぞ。

でも、僕の身体は痺《しび》れて、まったく動くことができなくなっていた。

「……もしかしてあれは、攻撃魔法か……」

そのとき、アルフレッドが僕に叫《さけ》んだ。

「避けろ！　また来るぞ！」

僕は咄嗟《とっさ》に痺《しび》れた身体に鞭《むち》を打ち、半ば本能的に横っ飛びに跳《と》んだ。

地面に倒れ込んだ瞬間、僕が今の今まで立っていたところに、凄《すさ》まじい光が轟音《ごうおん》とともに落下した。

そう。光が地面に落ちたのだ。

あれは間違いない。

雷だ！

きっと敵が、雷の魔法を撃ったんだ。

僕は地面に倒れ込んだ身体を必死で起こし、奥の平場を睨《にら》みつけた。

三十人ほどの帝国兵士が二列に並ぶその背後に、十名くらいの黒いローブを羽織《はお》った者たちがいる。

やつらだ！　きっとやつらがさっきの雷魔法を撃ったんだ。やつらを倒さないと。

あんな凄《すご》い電撃を何度も喰らったら、いくら僕がどんどんレベルアップするといっても、その前に意識を失ってしまうかもしれない。

そうなれば万事休すだ。その前に彼らを倒さなければ！

だがそんな僕の前に、二十名ほどの生き残りの帝国兵士たちが立ち塞《ふさ》がる。

「攻撃は魔導師たちに任せよ！　お前たちは防備を固めて時間を稼《かせ》ぐのだ！」

指揮官の号令一下、彼らは即座に横二列に並び、一列目が大きな盾を地面に突き刺すように立て、二列目がその隙間《すきま》から槍を出すという強固な防御態勢を取った。

まずい。守られては……

するとそのとき、またもアルフレッドが大声を出した。

「来るぞっ！」

僕は咄嗟《とっさ》に奥の平場にいる、黒いローブを羽織《はお》った魔導師たちを見た。

皆一様に両の掌《てのひら》を僕に対して向けている。

逃げなきゃ！

僕は再び地面を強く蹴り、先ほどとは違って、今度は左に跳《と》んだ。

その瞬間、凄《すさ》まじい雷鳴が耳を劈《つんざ》く。

雷光が激しく岩肌《いわはだ》を砕《くだ》き、石つぶてが四方八方に弾け飛んだ。

なんて威力だ。

さっきよりも威力が上がっている！

おそらく十人もの魔導師が同時に魔法を放つのに、タイミングを合わせるのが難しいんだろう。

だから、一発目より二発目、二発目よりも三発目、と徐々にタイミングが合ってきて、より一層威力が上がっているんだと思う。

そうなると、次の一発も今より威力が上かもしれない。

やっぱりあれを何発も喰らっては、レベルアップどころじゃない！

あれを喰らう前に、魔導師を倒さねば……

でも、目の前には盾を構え、防御態勢を取った帝国兵士たちがいる。

しかも、魔導師たちは奥の平場にいた。

そこに向かうには、ひどく狭い道を綱渡《つなわた》りのように進むしかない。

その距離、約五十メートル。

おまけに、渡り切ったとしても、三十名の帝国兵士が待ち受けている。

それらをすべてなぎ倒し、初めて魔導師に到達できるのだ。

遠い……

果てしなく遠く感じる。

だがやらなければ。

そうだ。僕がやるんだ。

アルフレッドは優位に戦いを進めているが、一人で奥の平場まで突き進めるほどの勢いはない。

だから僕がやるんだ。

なんとしてもこの難局を、僕が切り開いてみせるんだ！

「ええい貴様ら！　それでもソウザ様の精鋭かっ！　よいか！　次は必ず当てるのだぞ！　放てーーー！」

指揮官の合図で、魔導師たちの雷魔法が襲いくる。

僕はそれを躱《かわ》すと、目の前の盾を構えた帝国兵に向かっていった。

「行くぞっ！」

僕はいつものように蒼龍槍を力いっぱい横に振るった。

鈍《にぶ》い金属音があたりに響き渡るが……

え？　兵が……吹き飛んでない！

僕は驚きつつも、再び槍を引いて構えた。

もう一度だ。

「吹き飛べーーー！」

僕は再び蒼龍槍を振った。

だが、結果は同じであった。

目の前の兵はかなり後退《あとずさ》ったものの、これまでのように吹き飛ぶことなく、そこにいた。

僕は大いに驚き、彼らを見た。

立てていたはずの盾がかなり斜めに傾いている。

そうか。槍が当たる瞬間、盾を斜めに傾けて、衝撃を後ろに逸《そ》らしていたんだ。

それに、二列目の兵が槍を構えるのをやめて、一列目を支えている。

完全に防御に徹した構えだった。

だから吹き飛ばなかったんだ。

そのとき、閃光《せんこう》が煌《きら》めいた。

僕は瞬時に横に跳《と》んだ。

凄《すさ》まじい雷鳴とともに岩肌《いわはだ》が激しく弾け飛ぶ。

僕はすかさず立ち上がると同時に、雷魔法が落ちた地点を見た。

岩肌《いわはだ》がひどく抉《えぐ》られている。

やはり威力が上がっている。

撃てば撃つほど、威力が上がるのだ。

だが、魔導師部隊の指揮官は不満だったようだ。

「ええい！　当てんか！　行くぞ！　……おい！　もっと早く準備できんのか！」

そうか。連射はできないんだな。撃つには準備がいるようだ。

僕は目の前の兵の排除に、全力を傾けることにした。

しかし、同じやり方では結果も変わらない。

もちろんその内レベルアップして、いずれは吹き飛ばせるだろうが、今は時間が惜《お》しい。

ソウザに連絡が入る前に、この山を越えなければならないのだ。

僕は正面の盾を持った兵に狙いを定めると、蒼龍槍を逆さに持ち、両手で握って頭上に振り上げた。

そしてそのまま槍の穂先《ほさき》をまっすぐ盾に振り下ろす。

これなら力が後ろに流されることはない！

「いっけーー！」

巨大な盾の中心部分に槍の穂先《ほさき》がぶち当たり、力を逃がすことのできない盾が横一文字に折り目をつけて大きく折れ曲がった！

盾を構えていた兵も、後ろで支えていた兵も後ろに大きく吹き飛ぶと、地面に倒れ伏してうずくまった。

よしっ！

だが、まだ敵はたくさんいる。

僕は同じように槍を逆さに持って両手で力強く握りしめると、次なる標的めがけて突き下ろした。

先ほどと同じように、槍の穂先《ほさき》が盾の中心部分に突き立って二つに折れ曲がり、兵士が二人後ろに吹き飛んだ。

ちょうどそのとき、魔導師部隊の指揮官が右手を高々と上げるのが目に入った。

僕はそれが振り下ろされるのを確認するや、右足で大地を思いっきり蹴った。

雷鳴とともに、僕が先ほどまでいた地点の岩が、つぶてとなって周囲に四散した。

威力は凄《すご》い。

でも、当たらなければ問題ない！

僕は次なる標的を見定め、槍を高々と振り上げる。

鋭さを増した蒼龍槍の突きが、盾に突き当たり、ぐにゃりとひしゃげさせた。

と同時に、構えていた兵士と、それを支えていた兵士を容赦《ようしゃ》なく吹き飛ばす。

「よしっ！」

これで、僕の前に立ち塞《ふさ》がる兵士はすべて倒した。アルフレッドの周囲にも兵士が五人はいるが、それは彼に任せよう。

あとは奥の平場だ。

だけど、そこにたどり着くにはほとんど綱渡りのような、ひどく細い一本道の上を渡るしかない。

その距離五十メートル……

とてもじゃないけど、細すぎて全力で駆けるわけにはいかない。

でも、ゆっくりと足元を確認しながら渡ろうとすれば、数十秒はかかるだろう。

そうなると、その間に魔導師部隊の集中砲火を受けざるを得なくなる。

どうしたら……

すると僕の思考を妨《さまた》げるように、その魔導師部隊の雷撃が襲いくる。

ただ、さすがにもう僕も慣れたので、慌《あわ》てることなく一足飛びに跳《と》んだ。

背後で岩肌《いわはだ》が激しい音を立てて砕《くだ》け散る。

やはり、威力はどんどん上がっている。

あれを喰らうのはさすがにまずい。

そうしてまた僕は、この状況を打開するべく、頭を働かせる。

「なんだあの小僧《こぞう》。どうしたことか、ぼーっとしてるようだぞ！　今だ！　放てっ！」

指揮官が当然のように魔導師部隊に号令を下《くだ》し、考え込んで棒立ちとなった僕に雷撃を落とさせる。

僕はそれを跳《と》んで躱《かわ》した。

「ぐぬっ！　あの小僧《こぞう》、ぼーっとしながら躱《かわ》しよったぞ！　生意気な。まだか？　まだ撃てんのか？」

僕は指揮官の声を聞いている。決して目の前のことをないがしろにしているわけではない。

次に撃つのは、五秒後くらいかな？

「ええい！　早くしろ！　まだか！　……おい！　どうだ？　……よしっ！　いけるな！　撃てっ！」

当たった。

そう思いつつ、深く意識することなく跳《と》んだ。

そして、背後で岩の砕《くだ》ける音を聞く。

そのとき、僕はようやく打開策をひらめいた。

よし、これなら行ける。

僕は大きく深呼吸した。

そして、奥の平場に通ずるひどく細長い道の上に、片足をそっと乗せた。

すると、指揮官がにやりと笑った。

「馬鹿め！　こちらに突っ込んでくる気か。いくらお前の動きが機敏でも、その一本道を渡ろうとするならば狙い撃ちだ！　それがわかってなお、その道を渡るつもりか、この愚か者め！」

僕は指揮官の挑発にも、なんの感情も持つことがなかった。

ただ黙って、片足で道の細さを確認しながら、両脇の下の切り立った崖《がけ》のごとき岩肌《いわはだ》をじっと見下ろした。
それでも、僕の決意は揺《ゆ》らがなかった。
僕は奥の平場を占拠している部隊を見つめて、口角を上げる。
「くっ！　貴様、何を笑っておるか！」
指揮官が顔を赤らめて、僕を睨《にら》みつける。
僕は笑みを浮かべたまま、左足を一歩踏み出した。
指揮官はさらに顔を赤くして怒鳴《どな》った。
「来る気か！　本当に来るんだな！　よし！　いい度胸だ！　かかってこい！」
言われるまでもない。
ここを突き抜けなきゃ、道は開けない。
僕らはこの山を越えて、オルダナ王国に抜けるんだ。
だから、この一本道は避けて通れない。
僕はまた一歩前へと、右足を踏み出す。
「おい！　大丈夫か！」
残った五人の敵と対峙しているであろう、後方のアルフレッドの声だ。
僕は振り返らずに左手を軽く上げた。
それ以降、彼は何も言わないところからすると、納得してくれたようだ。

なんか、結構いい関係が築けているのかな？

少なくとも、僕が考えもなしに特攻をしかけるやつじゃないってことくらいはわかっているらしい。

それで充分だ。

背中は任せよう。

アルフレッドなら、僕が一本道を渡り切る間、背後の敵を引きつけてくれることだろう。

うん。結構いい信頼関係かも。

僕は大きくうなずくと、身体を軽く沈み込ませた。

「く、来るぞ！　よいか！　正面に向けて放てばよいのだ。馬鹿でも当たる！　これで外すようなら、貴様らにはソウザ様のお仕置きが待っておるぞ！」

遠目にも、魔導師部隊の者たちが、皆一様にぶるっと身体を大きく震わせたのがわかった。

ソウザのお仕置きって、よっぽどなんだな……

その考えを振り払い、僕は気合を込めると、一度戻してしまっていた身体を再び軽く沈み込ませた。

そして、その反動を利用するようにして、一気にダッシュした。

「き、来たぞ！　よいか！　慌《あわ》てることはない。やつは真正面だ！　よ〜く狙って撃てばよい！」

魔導師たちが、僕を睨《にら》みつけて意識を集中させる。

僕は彼らの動向を注視しながら、一本道をひたすら駆け抜ける。

そのとき、魔導師部隊の気合が明らかに高まった。
来るっ！
僕はギリギリまで敵の魔法を見定めようと、カッと目を見開いた。
瞬間、あのまばゆい閃光《せんこう》が走った！
来たっ！　今だっ！
僕は先ほどまでより少しだけ強く右足を蹴った。
反動で、身体は左に水平移動した。
凄《すさ》まじい雷鳴が轟《とどろ》き、先ほどまで僕がいた一本道が大きな爆発音とともに弾け飛ぶ。
だが、僕はそこにはいない。
左に向かって飛んだことで、雷撃魔法を避けられた。
だが問題は、着地するための地面がないことであった。
僕の身体は放物線を描き、自由落下を始めた。
「ぶわっはっはっは！　馬鹿め！　岩肌《いわはだ》に身体を抉《えぐ》られ、粉微塵《こなみじん》となるがよいわっ！」
指揮官が勝ち誇ったように、笑い交じりに言った。
しかし――
僕は手にした蒼龍槍を力いっぱい振るった。
蒼龍槍の穂先《ほさき》がそばの岩肌《いわはだ》に突き刺さる。

そこで僕は、決して振り落とされないように、両手で槍を力強く握った。

ぐぬぬーー！

槍が僕の体重と落下による荷重を受けて、弓のように大きくしなった。

やがて……限界までしなりきった蒼龍槍は、そこでピタリと止まった。

そして、今度は大きな反動により僕の身体を持ち上げる。

「行っけぇーーー！」

僕の身体が勢いよく上へと押し上げられるタイミングで、岩肌《いわはだ》から蒼龍槍を力強く引き抜く。

よしっ！　上手く抜けた。まだまだ上昇は止まらない。

だけど、いくら勢いがあっても、先ほどの高さまでは届かない。

僕は蒼龍槍を左手で持つと、右手をいっぱいに伸ばした。

ごつごつした岩肌《いわはだ》でも特に突起した部分を見定めて、力強く掴《つか》む。

いけるはずだ！

僕の登山能力はめちゃくちゃ凄《すご》いんだから！

突起した岩をしっかりと掴《つか》んだ僕の右腕に全体重がかかる。

よし！　問題ない。

僕は左手に持った蒼龍槍を口にくわえると、両腕を使って一気に崖《がけ》を登りはじめた。

「な、なんてやつだ。貴様は曲芸師か何かか！」

指揮官が僕の様子を見て驚きの声を上げた。

曲芸師でもなんでもいい。

僕は両手両足をフル回転させ、凄《すさ》まじい勢いで崖《がけ》を登り切り、再び細い道へと戻ってきた。

よしっ！

口にくわえていた蒼龍槍を右手で握り、敵がひしめく奥の平場へ全力で駆ける。

「え、え～い！　撃て！　撃て！　……どうした？　早く撃たんか！」

だが魔導師部隊は動揺したのか、集中できていない。

僕は速度を増して、ひどく細い山道を駆け抜ける。

「く、くそっ！　ならば、盾部隊で防ぎきれ！」

前面に展開する兵士たちが、大きな盾を地面に突き立て、斜めに構える。

その手はもう僕には通じない！

僕は駆けながら、敵の目の前で力強く地面を蹴って、上へと跳《と》び上がった。

天高く舞い上がった僕は、兵士が掲《かか》げる大盾めがけて蒼龍槍を力いっぱいに突き刺す。

轟音《ごうおん》とともに、蒼龍槍が大盾をぐにゃりと折り曲げつつ、容赦《ようしゃ》なく兵士たちを弾き飛ばした。

驚愕《きょうがく》と恐怖の入り混じった表情の兵士たちが、手に持った大きな盾に慌《あわ》てて顔を伏せる。

しかし僕は構わず、槍を上から振り下ろすように突きまくった。

金属と金属がぶつかり合う強烈な衝撃音が幾度も鳴り響く。

力を逃がしきれない盾がどんどん折れ曲がって、使いものにならなくなっていった。

それと同時に、再起不能なまでに叩《たた》きのめされた兵士たちがうずくまり、地面に倒れていく。

そうしてものの十数秒の間に、魔導師部隊は丸裸となった。

「ぐっ！　……き、貴様……ええい、構わん！　撃て！　撃たんか！」

いくら指揮官が下知《げち》を下《くだ》しても、魔導師たちは戸惑《とまど》うだけだった。

それもそうだろう。彼我《ひが》の距離はわずかにほんの数メートルしかなく、あれほど強力な雷魔法を僕にめがけて撃とうものなら、自分たちも被害を受けてしまうことは間違いないのだから。

だが、この愚かな指揮官はそのようなことには一切構わず、自らは魔導師部隊の後ろに隠れて、理不尽な命令を下《くだ》していた。

「ええい！　ソウザ様のお仕置きを喰らいたいのか！　この馬鹿者どもめ！」

再び魔導師部隊がぶるっと身体を震わせた。

本当にソウザって、よっぽどなんだな……

すると、一人の魔導師がごにょごにょと何やら小声で念仏のようなものを唱えはじめた。

ああ、もしかしてこれは、魔法の呪文詠唱というものかな？

そこへ、他の者たちも次々にごにょごにょとつぶやきはじめた。

でもさっきまでの様子じゃ、唱え終わるまでにずいぶんと時間がかかるみたいだけど……

僕がそう思い、油断して彼らの様子をぼーっと眺《なが》めていると、突然右端の方から閃光《せんこう》が走った。

えっ！
僕が慌《あわ》てて光の方に振り向くのと、身体が痺《しび》れだすのは、ほとんど同時であった。
しまった！
まさか、こんなに急に撃てるとは……
まずい……油断した……
僕は雷撃を喰らい、痺《しび》れに身体を震わせながら、大いに反省した。
だが、すぐにあることに気づいた。
……あれ？　さっきと違って大した威力じゃないな。
ていうか、全然だ。ちょっと感電したくらいかも。
音も小さかったし、何より痺《しび》れが小さい。
ここで、もう一条の閃光《せんこう》が走った。
ビリッ！
痺《しび》れがわずかに増した。
どうやら、もう一撃喰らったらしい。
でも……やっぱり大したことないな。
これは僕がレベルアップして、雷に耐性がついたということだろうか。
それもあるだろうけど、一人ひとり独立した攻撃だからじゃないだろうか。

だから威力が小さいんだ。

すると、三人目の雷撃魔法が僕を襲った。

うん。間違いないな。痺《しび》れが多少増えた気がしたけど、すでに弱まっている。

今ではもう、ちょっとピリピリするくらいだ。

さっきまではビリッ！　だったのに、ピリピリに変わってしまった。

これは、完全にレベルアップ効果だな。

それぞれの威力は弱いし、さらに耐性がつきそうだから、このまましばらくじっとしていよう。

ちょっとピリピリはするけど……あ、いや、もうピリピリもしないや。

僕は魔導師部隊の繰《く》り出す個別の雷撃魔法を喰らいながらも、もはや何も感じることができなくなったため、暇だなあなどとつい思ってしまい、頭をポリポリとかく。

と、突然、右手から悲鳴が上がる。

見ると、そこには俊敏《しゅんびん》な動きで敵を圧倒するアルフレッドの姿があった。僕が電撃魔法を受けている間に、無事に細い道を通れたのだろう。

アルフレッドは、あっという間に魔導師部隊を、その拳の餌食《えじき》にしてしまった。

僕が呆気《あっけ》に取られていると、アルフレッドが快活な笑みを浮かべた。

「大丈夫か？　危なかったたな」

ああ、そうか。雷撃を受けてぼーっとしていたら、普通は僕がやられていると思うか。

うーん、どうしよう。正直に言った方がいいかな？

アルフレッドからしたら、僕を助けたと思っていそうだし、正直に言ったらがっかりするな。

とはいえ、アルフレッドの顔は得意満面といった様子で、礼を言おうものなら今にも恩着せがましいことを言ってきそうな雰囲気《ふんいき》があった。

そのため、僕は今後のことを考えて、正直に言うことにした。

「いや、雷魔法の耐性を得ようと思って、わざと受けていただけなんだ」

アルフレッドの頬《ほお》がビクンビクンと引きつった。

「え？　マジで？」

「全員攻撃での雷魔法は強力だけど、個別の魔法は威力が小さいから受けてただけなんだ」

「でも今、十人全員から魔法受けていただろ？」

「全員で心を合わせて撃ってたわけじゃなくて、個別の魔法が十人分ってだけだから弱いんだよ」

「……ああ、そういうことか」

「そう。そういうことなんだ」

すると、アルフレッドがふてくされ気味《ぎみ》に言った。

「そいつは邪魔して悪かったな」

僕は慌《あわ》てて笑みを作った。

「ああ、いや、そんなことないよ。もうたぶんいくら受けてもレベルアップしてなさそうだったし」

アルフレッドは驚いた表情になった。

「耐性MAXになったのか？」

僕は軽く首を傾《かし》げた。

「どうかな？　ただ、もう何も感じなくなっていたから、これ以上は意味ないなと思ってたんだ」

「ふ～ん、そうか。まあいいや、で、あいつはどうする？」

「あいつ？」

僕は首を傾《かし》げつつ、アルフレッドの指さす方向を見た。

そこには、こっそりとこの場を逃げようとしている先ほどの指揮官の姿があった。

「あいつだろ？　さっきから威勢のいいことばかり言って部下をけしかけていたのは」

アルフレッドの問いに、僕はうなずいた。

「そう。凄《すご》い嫌なやつ」

「どうする？　お前がやるか？　やらないなら俺がやるけど」

僕はアルフレッドに向き直り、言った。

「思いっきりやっちゃって」

「よしきた」

アルフレッドは喜び勇んで指揮官に向かっていった。

指揮官はそのことに気づくが、慌《あわ》てたあまりに転んで尻もちをついた。

そしてそのままの姿勢でアルフレッドに向き直った。

「お、お助けを……わたしは悪くない。わたしは命令を守っただけで……だからお助けください！」

だがアルフレッドは容赦《ようしゃ》なく拳を繰《く》り出し、指揮官は顔を滅茶苦茶《めちゃくちゃ》に砕《くだ》かれて、倒れ伏した。


そうして僕らは山を越えた。

僕がアリアスを背負い、アルフレッドとガッソがギャレットに肩を貸しながら。

ただ、油断はならない。

山を下りる途中、関所の方に向かう者が見えた。

あれはきっと連絡係だ。

となれば、いずれソウザの耳に入って、僕たちを追ってくるのは必定《ひつじょう》だろう。

ゆえに、できるだけ早くこのあたり一帯から離れなければならない。

でもその前に、侍女のメルアたちと合流しなければ。

「アルフレッド、合流地点はどこなの？」

「ここを下りると街道があるはずだ。その街道を左に行った先にゴルドーという町がある。そこの小鳩亭《こばとてい》という名の宿屋で合流予定だ」

僕は大きくうなずいた。

「わかった。街道っていうのはあれだね？」

僕は眼下に見える街道を指さした。

しかし、アルフレッドにはまだ見えなかったようだ。

「うん？　お前、この位置から見えるのか？　凄《すご》いな」

「うん。大きな街道が横たわっているよ」

「そうか。なら間違いないな。俺が聞いた話でも、街道はかなり整備された大きな道だそうだから」

「あの街道の左だね？」

「そうだ。まさか町まで見えるって言うんじゃないだろうな？」

アルフレッドが冗談《じょうだん》交じりに言う。

だけど、僕の目には間違いなく町と思われる景色が見えていた。

そのため、僕は多少遠慮がちに答えた。

「ええと、見えてるけど……」

「本当かい？　凄《すげ》えな……」

ガッソが驚きの声を上げた。

さらに、背中に背負っているアリアスが口を開いた。

「そうよ。凄《すご》いでしょ？　カズマは」

ガッソが素直にうなずいた。

「ああ、本当に頼りになるな」

僕は褒《ほ》められて少し照れた。

「大したことないよ。レベルアップで視力がよくなっただけだから」

ガッソは笑みを浮かべた。

「そんなに謙遜《けんそん》しなくてもいいさ。お前さんのスキルは途方もない。これだけは確かなことさ」

「うん。そうだね」

僕は照れながらもうなずいた。

そして褒《ほ》められたことで笑顔となり、意気揚々と山を下りていった。


「よし、なんとか下りられたな」

アルフレッドが安堵《あんど》したように言う。

そこへ、アルフレッドとガッソに肩を借りていたギャレットが、大きく息を吐《は》きながら口を開く。

「すまなかった。迷惑をかけた」

アルフレッドは軽く肩をすくめた。

「気にしなくていいさ。あんたたちは、俺たちにとっては金づるだからな」

「嫌な言い方。他にも言い方はあるでしょうに……」

僕の背中から降りたアリアスが、眉《まゆ》をひそめ、不満そうに顔をそむけた。

それがアルフレッドの気に障《さわ》ったらしい。

「なんだよ。他の言い方なんて知らねえんだよ、俺は」

と、ふてくされたように言った。

「その言葉遣いもなんとかしなさい。礼儀知らずも甚《はなは》だしいわ！」

「言葉遣いで人間を測るようなやつは、ろくなもんじゃない。お前はそうなのか？」

「わたしはそんなことは言っていません！　勝手に言い換えないで！」

「言い換えなんてしてねえだろうが！」

「したじゃない！」

「まあまあ、お二人さん。こんなところで喧嘩《けんか》なんてしている場合じゃないですぜ」

ガッソが困り顔で二人の間に入ろうとした。

だが、アルフレッドの腹の虫は治まらない。

「別に構わねえさ。困るのはこいつらだけだぜ」

アリアスがかなり不機嫌そうな顔となり、僕の腕を掴《つか》んで言った。

「行きましょカズマ。こんな恥知らずな人、ここに置いていきましょう」

そして、強引に町に向かって歩き出した。

「そうかい！　じゃあ、勝手にしな。俺はもう、お前なんかについていってやらねえからな！」

アルフレッドも完全にふてくされたようで、吐《は》き捨てるように言い、僕たちとは逆の方向に向かって歩きはじめた。

僕らはゴルドーの町に到着するや、すぐに待ち合わせ場所の小鳩亭を見つけ、侍女のメルアたちと合流した。

だがそこにアルフレッドはいない。

アルフレッド配下の者たちは驚くも、ガッソが上手く説明して事なきを得た。

「まったく……若にも困ったもんですぜ」

ガッソが思わずつぶやいた。

「ガッソはアルフレッドについていかなくていいの？」

僕の問いかけに、ガッソが思いきり肩をすくめた。

「あっしは若のお目付け役だが、それ以上に重要なのはバーン商会全体の信用さ。一度請け負った仕事を途中で投げ出すなんてことをしちゃあ、バーン商会の名に傷がついちまう。若も一旦《いったん》離れて冷静になれば、そのことに気づいて戻ってくるんじゃないかね」

なるほどな。

続いてガッソが皆の顔を見回して言った。

「それじゃあ、出発しよう。あまりここに長居はできないからな」

ガッソの言葉に皆がうなずいた。

そうして僕らは宿に泊まることもなく、小鳩亭をあとにした。

第三章　敵中突破？

僕らは街道をひた走った。
幸い、追っ手の影はまだ見えない。
「どうやら帝国軍を撒《ま》けたみたいだね」
僕は馬車の手綱《たづな》を操りながら、後ろに座るアリアスに言った。
だがアリアスは答えなかった。
僕は軽く振り返り、彼女を見た。
何事か考え事をしているのかもしれない。
僕は邪魔をしないように、再び御者に集中しようと前を向く。
そのとき突然、馬車の後方を馬で走るガッソが叫《さけ》んだ。
「砂煙《すなけむり》だっ！」
全員に緊張が走る。
途端にギャレットが右手から、馬を上手く操って馬車に寄ってきた。

「カズマ！　馬に乗り替わってくれ！　迎撃を頼む！」

「了解！」

もしも帝国軍が現れた際には、御者を他の者に託し、僕は馬で迎撃する手筈《てはず》となっていた。

予定通り、バーン商会の者が左手から馬で、馬車に近づいてきた。

「メルア、手綱《たづな》をお願い」

僕は一旦《いったん》侍女のメルアに手綱《たづな》を預けると、近づいてきた馬の手綱《たづな》を掴《つか》んだ。

その瞬間、馬に乗っていたバーン商会の者が馬車に乗り移った。

そして、すぐさまメルアから馬車の手綱《たづな》を受け取って、御者席に座る。

僕はそれを確認するや、並走する馬に飛び乗った。

「カズマ、これを！」

アリアスが蒼龍槍を僕に手渡してくれた。

先ほどまでの物思いにふけっていた顔と違い、緊張が走っている。

僕はアリアスの気を紛《まぎ》らわせようと笑みを作った。

「ありがとう！」

アリアスは多少緊張がほぐれたのか、軽く笑みを浮かべた。

「気をつけてね！」

僕は大きくうなずくと、手綱《たづな》を緩《ゆる》めて後ろに下がっていった。

一気に馬の速度を落として馬車を前に行かせる。

そうして最後尾のガッソに並びかけたところで、僕は振り返った。

彼方《かなた》に大きな砂煙《すなけむり》が上がっている。

間違いない。

大軍勢だ。

僕は一つ大きく深呼吸すると、右手に持った蒼龍槍を固く握りしめる。

砂煙《すなけむり》が少しずつ大きく高くなっていく。

帝国軍が近づいてきている。

追いつかれるのも時間の問題だ。

でも、前とは状況が違う。

前に撃退したときは、道が狭かった。

だから、僕が最後尾で道に蓋をするような形となって、帝国軍の追撃を食い止めることができた。

だけど……

この街道は幅がとても広い。

これでは、僕が道に蓋をすることなんてできはしない。

僕の左右をいくらでもすり抜け、アリアスたちが乗る馬車を襲ってしまうだろう。

つまりこのままでは、大軍勢に呑《の》み込まれてしまうということだ。

どうする？

どうすれば……

そのとき、僕の脳裏にある案がひらめいた。

だがそれは、とても危険なものだった。

でも他に方法はないし、考える時間の猶予《ゆうよ》もない。

ならばやるしかない。

僕はアリアスたちに必要とされている。

そんな人たちのために役に立ちたい。

なら、悩むことはない。

勇気を振り絞《しぼ》ってやるだけだ。

僕は固い決意を胸に、並走するガッソに言った。

「僕が下がって、軍勢に切り込む」

ガッソは驚愕《きょうがく》の表情を浮かべた。

「い、いや、いくらなんでもそりゃあ無茶だ」

僕はゆっくりと大きく首を横に振った。

「大丈夫。僕はすぐに次々とレベルアップする。そう考えれば、これはチャンスかもしれない」

「いや、しかし……限界があるんじゃないか？」

「ないよ。たぶんだけど」

「たぶんだろ？　そんなあやふやなことじゃ……」

「でも、今までは問題なくどんどんレベルアップしていったよ」

「だが……」

ガッソが心底心配げに僕を見つめた。

僕はそんなガッソに笑みを作った。

「大丈夫。僕なら問題ない。それに、あんまりこうして話をしている余裕はないんだ」

僕はそう言うと、後ろを見た。

そこには高く舞い上がる砂煙《すなけむり》だけでなく、凄《すさ》まじい勢いで迫りくる帝国軍の姿があった。

「見えるかな？　もう結構近づかれているんだ。余裕はないよ」

ガッソは目を細めて遥《はる》か後方を見つめた。

「あっしの目にはまだ軍勢は見えないが……お前にはもう見えているんだろうな。わかった。だがくれぐれも無理をす……いや、どう考えても無理をすることになるな」

ガッソは言っている途中でそのことに気づいたらしく、言い直した。

そしてあらためて僕を見つめた。

「死ぬなよ。お前さんまだ若いんだ。ここで英雄的活躍をしてとか、そんなことは思うなよ。危なくなったらとっとと逃げるんだ。いいな？」

ガッソの言葉に、僕は無言でうなずいた。

それから、もう一度後方を見る。大軍勢が殺到《さっとう》してきているのが目に入った。

よしっ！　やってやる！

僕は覚悟を決めると、手綱《たづな》を力いっぱいに引いた。

馬が突然のことに驚き暴れようとするのを、両足に力を込めて胴を挟み込むことで抑える。

すると馬がいななきながらも、足を踏ん張るようにして急速に速度を落とした。

そして止まる直前に、大きく前足を上げて再びいないた。

僕は馬の首のあたりをさすって落ち着かせると、手綱《たづな》を右に思いきり引いた。

馬がその動作に呼応して右に方向を変える。

ゆっくりと静かに方向転換し、逆向きになったところで、僕は手綱《たづな》を思いっきりしごいた。

馬が瞬時に呼応して駆け出す。

さらに手綱《たづな》をしごき続けることで、どんどんスピードが上がっていく。

先ほどまで遥《はる》か遠くにあった帝国軍の大軍勢が、もう目と鼻の先まで近づいてきた。

帝国軍の先頭の者らが、僕が突っ込んでくることに気づき、慌《あわ》てている。

よしっ！　このまま突撃だ！

もうあと数秒で敵の先頭と接触するだろう。

僕は右手に持った蒼龍槍に力を込めると、思いっきり後ろに引いた。

そしてそのまま左手で手綱《たづな》を操りながら、突進を続ける。

帝国軍の先頭が覚悟を決めたのか、凄《すさ》まじい形相《ぎょうそう》となった。

行くぞっ！

僕は後ろに引いていた蒼龍槍を横に振った。

馬と馬が顔をこすらんばかりに交差する瞬間、蒼龍槍の穂先《ほさき》が陽光を浴びてギラリと煌《きら》めく。

「行っけーーーーー！」

蒼龍槍の一撃により、帝国軍の先頭数騎が馬ごと宙を舞った。

だが敵の数は凄《すさ》まじい。

僕は即座に、左に振れた蒼龍槍を右方向に向けて振った。

まともに喰らった数騎が、もんどりうちながら弾け飛ぶ。

「まだまだーーーー！」

僕は次々に槍を振るい、問答無用で帝国軍騎士たちを弾き飛ばしていった。

「何をしておるかっ！　囲んでなぶり殺せ！」

指揮官と思われる者が叫《さけ》んだ。

僕の槍が届かない距離で横を駆け抜けた騎士たちが、馬を返して追いかけてくる。

だが、それより早く僕の方が駆け抜ける。

十重《とえ》二十重《はたえ》に迫りくる帝国軍の中を、僕は血飛沫《ちしぶき》を上げて、さも無人の野を行くがごとく駆ける。

「ええいっ！　何をしておるっ！　早くからめとらんかっ！」

指揮官が怒りに任せて怒鳴《どな》った。

だがその指揮官の声も、すぐに消えた。

僕が蒼龍槍の餌食《えじき》に加えたからだ。

蒼龍槍はその後も凄《すさ》まじい勢いで荒れ狂い、次々に帝国軍兵士が宙を舞う。

おそらく、この軍勢の総司令はソウザだ。

やつをここで討ち取る。

そうすれば、きっとこの軍勢は止まるはずだ。

僕は決死の覚悟で蒼龍槍を振るい続け、ひたすら帝国の大軍勢の中を血飛沫《ちしぶき》上げて逆走する。

「くっ！　化け物めー！」

「ガキのくせに！」

帝国軍兵士が、僕に様々な罵詈雑言《ばりぞうごん》を浴びせながら襲いかかってくる。

それを、僕は無心に吹き飛ばし続ける。

もうすでに五十人ほどは倒したはずだ。

だけど、まだ目指すソウザの姿は見えない。

やつさえ倒せば、時間稼《かせ》ぎができるはず。

どこだ？　どこにいる？

僕はその後も散々に帝国軍兵士を打ち負かしつつ、軍勢の真っ只中を突き進んでいった。

するとそのとき、帝国軍の進軍する勢いが衰えてきた。

なんだ？

何か号令でも発せられたのだろうか？

でも、そんなもの聞こえなかったぞ。

見ると、軍勢の後ろの方で大きな旗がはためいている。

あれで指揮をしているのかもしれない。

僕はそう思いつつも、まだまだ蒼龍槍を振るい続けた。

だが、やはり帝国軍の進軍する勢いは弱まり、ついに全軍が停止した。

さらに、前方で大盾を持った兵士たちが、部隊を展開しようと動いているのが見えた。

かなりの数だ。百人くらいはいそうだ。

そのとき、僕の横を通り抜けた騎士たちが、後ろから襲いかかってきた。

僕はすかさず手綱《たづな》を引いて馬を止めると、そのまま馬の向きを変え、蒼龍槍を振るって彼らを手当たり次第に弾き飛ばしていった。

そして、十人あまりを倒したあとに振り返ってみると、大盾部隊が最前面に出ていた。

二十人五列で計百人ほどの彼らは、巨大な盾を地面に突き刺すように立てていた。

いや、盾を地面に突き刺したのは、最前面の二十人だけのようだ。

その後ろの四列は、盾を動かせるようにしている。

これはもしや……

そこへ、後列の大盾部隊がするすると左右に動いた。

彼らはムカデのようにそそくさと、僕の左右を囲む。

いや、左右だけじゃない。

その後方にいた二列が、僕の後ろ側に回り込んだ。

これで、僕は周囲三百六十度を大盾部隊に囲われたことになる。

僕が視線をめぐらし大盾部隊を睨《にら》みつけると、聞き覚えのある嫌な声が耳に飛び込んできた。

「小僧《こぞう》っ！　ようやく会えたな！　貴様に預けていた蒼龍槍は返してもらうぞ！」

僕はその声の主を睨《にら》みつけた。

「これはお前のものなんかじゃない。僕のものだ！」

すると声の主――ソウザ・デグラントが鼻でせせら笑う。

「ふん！　何を言うか！　それはこの俺様のものだ！」

「違う！　あんなへんてこな改造をするお前なんかに、この槍を持つ資格などあるものか！」

「へんてこだと？　やかましいわ！　それに資格だと？　何を言っているんだ貴様は！　資格もへったくれもあるか！　それはな、俺が王宮の奥深くで見つけた大事な大事なお宝なんだよ！」

「ただの盗人《ぬすっと》じゃないか！」

ソウザは喉《のど》に太い筋を立ててわなわなと震え出した。

「盗人《ぬすっと》だと……この俺様を盗人《ぬすっと》よばわりだと！　小僧《こぞう》、ただでは済まさんぞ！」

「それはこっちの台詞《せりふ》だ。僕はここでお前の息の根を止める！　かかってこい！」

だが、ソウザはまたも鼻で笑い、僕の挑発には乗らなかった。

そして、蛇のように酷薄そうな笑みを湛《たた》える。

「お前の相手は俺ではない。お前の相手は目の前の重装歩兵だ。こいつらがお前をぐっちゃぐっちゃのミンチにしてくれるから楽しみにしておけ！」

大丈夫、大盾部隊の対処法はすでに習得済みだ。

盾を斜めに構えて力を逃がそうったってそうはいかない。

盾に垂直に力が伝わるよう、斜め上から槍を突き刺せばいいんだ。

そうすれば、盾の後ろに何人いようが、盾がひしゃげて使いものにならなくなる。

僕が頭の中で対処法を反芻《はんすう》し、改めて馬上のソウザを見ると、その後ろに三十人ほどの魔導師部隊が控《ひか》えているのが目に入った。

でも、これも問題ない。

盾部隊と魔導師部隊の併用も、先ほど十分に学んでいる。

雷魔法なら耐性を得ているし、そうでなくとも、ここでまた耐性を得ればいいだけのことだ。

よしっ！　いけるっ！

僕はあらためて気合を入れ直すと、蒼龍槍を構えた。
すると、ソウザがにやりと口角を上げげて、嫌らしく笑うと、右手を前に突き出した。
「やれ！」
だが、目の前の大盾部隊は動かない。
いや、動いたのは魔導師部隊か。
まずは魔法攻撃を仕かけるつもりだな。
ヒュン。
僕の胸を、つむじ風がやさしく撫《な》でた。
風魔法か？
でも別段痛くもかゆくもない。
なんだろう。
僕が訝《いぶか》っていると、また風切り音が鳴った。
ヒュン。ヒュン。ヒュン。
いくつもの風切り音が鳴り、僕の身体をつむじ風が撫《な》でる。
ヒュン。ヒュン。ヒュン。
次々につむじ風が巻き起こる。
だがやはり痛くもないし、かといって、風が連なって大風になることもなかった。

「これはなんの真似《まね》？」

僕は困惑してソウザに問いかけた。

ソウザが嫌味な笑いから一転、顔を上げて大笑いした。

僕は不愉快になり、もう一度言う。

「これはなんの真似《まね》かって聞いているんだけど？」

ソウザがひとしきり笑い終えると、再び嫌味な笑みを口元に浮かべた。

「俺様は親切だからな。無知なお前に教えてやろう。これはバインドという魔法だ」

「バインド？　何それ？」

「お前を縛《しば》りつける魔法さ」

「縛《しば》りつける？」

「そうさ、嘘だと思うなら動いてみな」

僕は言われた通りに腕を動かしてみた。

いや、動かそうとした。

しかし、僕の腕はぴくりとも動かなかった。

なら足は？

動かない……どんなに力を入れても、微塵《みじん》も動かない。

これはまずいぞ、こんな魔法があったのか！

首は……動くようだ。

でも、首から下が動かないようだ。

まずい！　油断した。

先ほどとほとんど同じ戦術だと侮《あなど》ったのがいけなかった。

だけど、あがいていれば、いずれレベルアップするんじゃないか？

僕は全身に力を入れて、動かそうと試みた。

「ぐっ！　くぅ……」

ソウザがケラケラと大笑いした。

「無駄だ、無駄だ！　いくらやっても動けるものか！」

「やってみなければわかるものかっ！」

僕はソウザに構わず、この危機を脱しようと力を込めた。

「ぐぬうぅぅぅぅーーーーーーー」

わずかに足が動いた。

その僕の動きに反応したのか、乗っている馬が歩き出してしまった。

僕は馬上でバランスが取れなくなり、落馬する。

「ぐっ！」

僕は仰向《あおむ》けに倒れ、思わずうめき声を上げる。ソウザの嘲笑《あざわら》う声が聞こえてきた。

「ざまあないな！　どうした？　立ち上がってみろ！」

僕は身体を起こそうとする。

「ぐぬうぅぅぅぅーー」

すると、少しずつ身体が反応し、上半身を起こすことになんとか成功した。

そのことに驚く帝国兵士たち。

僕は彼らのどよめきを聞きながら、必死に力を込めてようやく立ち上がった。

「やはり貴様は化け物のようだな。だが、これならどうだ？」

ソウザは右手を一度高々と上げると、すぐに勢いよく振り下ろした。

その瞬間、先ほどのつむじ風が無数に僕を襲った。

ヒュンヒュンヒュンヒュンヒュンヒュンヒュンヒュンヒュンヒュンヒュン――

僕はまだ身体の自由が利かないため、それらをことごとく全身で受けてしまった。

「ぐっ！」

ダメだ！　動けない！　微塵《みじん》も動けやしない！

「くそっ！　卑怯《ひきょう》な真似《まね》を！　本当に貴様らしいやり口だな！」

ソウザが顔を上げ、恍惚《こうこつ》の笑みを浮かべる。

「あ～うるさい。そうだ、やつの口も縛《しば》ってやれ」

彼の指示を受け、魔導師の一人が両腕を前に突き出した。

その手の先からつむじ風が巻き起こり、そっと僕の顔を撫《な》でた。

……くっ！　声が出せない！

首も動かない。

これで何もかも動かなくなってしまった。

そこに、さらにつむじ風が襲いくる。

ヒュンヒュンヒュンヒュンヒュンヒュンヒュンヒュンヒュン――

くっ！　まずい、このままじゃ。

封じられていない僕の耳に、ソウザの嫌味な声が鳴り響いた。

「そろそろやってしまえ！　この忌々《いまいま》しい小僧《こぞう》を、今こそぐっちゃぐっちゃのミンチにしてやれ！」

ソウザの号令一下、僕を取り囲んでいた大盾部隊が動き出した。

静かにゆっくりと一斉に迫ってくる。

「いいか！　簡単には殺すなよ。じっくりいたぶってやるんだ。まずは二人で前後から思いっきり挟み込んでやれ！」

ソウザの指令に従い、僕の正面の兵士と、見えないがおそらく真後ろの兵士の二人が迫りくる。

くそっ！　まだ動けない……早くレベルアップしてくれ。

だが、僕の願いは届かなかった。

大盾を構えた兵士が僕の目前に迫ったかと思うと、勢いをつけて飛び込んできた。

大盾が凄《すさ》まじい勢いで、僕の顔面やら胸部やらに激しくぶち当たる。
と同時に、後頭部や後背部、そして臀《でん》部《ぶ》などに強い痛みが走った。
「ぐふっ！」
僕は衝撃に耐えきれずに、声にならないうめき声を上げた。
前後の強烈な挟み込みに、鼻血が滴《したた》り落ちる。
頭に激しく当たったためか、意識も朦朧《もうろう》としてきた。
たった一撃でこれか……
こんなのを二度三度と受け続けたら、レベルアップが間に合わない！
動けっ！　動いてくれ！
またも僕の願いは届かなかった。
二撃目が激しく僕を襲う。
「ぐぶっ！」
まずい……
意識が遠のいていく。
いけない……意識を失ったら終わりだ。
意識をしっかり保つんだ。
そして何より、身体を動かさなければ……

僕は全身に渾身《こんしん》の力を込めた。
動け！　動け！　動けっ！
すると、蒼龍槍を握る右手がピクリと動いた。
よしっ！　動いた！
しかしその瞬間、三度目の攻撃が僕を襲う。
「ぐっ！」
意識が…………
ダメだ！　せっかく右手が動いたんだ。
意識を失うな！　しっかりと保て！
なんとしても身体を動かすんだ！
僕は次なる攻撃が来る前に、動き出そうと力を込めた。
動け！
再び僕の右手がピクリと動いた。
そのまま動け！　一気に動け！
なんとしてもこの窮地《きゅうち》を脱するんだ！
そうしたところ、固まっているはずの僕の口から、魂の咆哮《ほうこう》が漏《も》れ出した。
「……ぐ……くっ……ぐ……ぐおぉぉぉーーーーー！」

僕の雄たけびを聞き、慌《あわ》ててソウザが叫《さけ》ぶ。

「お、おい！　何をしている！　やつの口を封じたのではなかったか！　今のはうめき声ではないぞ！」

ソウザの声に反応して、再び僕の口をつむじ風が撫《な》でる。

だが、もう僕の咆哮《ほうこう》は止まらなかった。

「うおぉぉぉぉーーーーーー！」

僕をしこたま痛めつけてくれた真正面の兵が、その声に恐れおののく。

「何をビビっておるかっ！　さっさとやつにぶちかませ！」

ソウザがそれを見て叱《しか》りつけた。

そのためか、怯《おび》えていたはずの真正面の兵士が再び盾を構えた。

そして、気合を入れ直して僕に向かって突進してきた。

だが……

「うおりゃぁーーーー！」

僕はバインドの魔法から脱すると、蒼龍槍を力強く振るった。

蒼龍槍が凄《すさ》まじい速度でぶち当たり、真正面の兵士を一瞬で宙に弾き飛ばす。

僕は槍を振るった勢いを利用して半回転すると、真後ろの兵士を強烈に地面に叩《たた》き伏せた。

「どうだぁーーーー！」

僕の咆哮《ほうこう》に、周りを取り囲む大盾を持った兵が怯《ひる》んだ。

続けて蒼龍槍の穂先《ほさき》を向けると、皆が腰を抜かさんばかりにのけぞった。

すると、同じように腰が引けていながらも、ソウザが馬上から号令を発した。

「何をしている、馬鹿者どもめ！　もしもこの場を引こうものなら、この俺が許さんぞ！　わかっているのか、貴様ら！」

ソウザによるお仕置きは相当恐ろしいのだろう。

兵たちは気持ちを持ち直して、僕に対して盾を構えた。

「魔導師どももだ！　貴様らももっと気合を入れろ！　でなければ、どうなるかわかってるだろうな！」

ソウザの脅《おど》しに、魔導師たちの顔色が変わった。

皆一様に悲壮な表情となり、僕を睨《にら》みつけてきた。

少し可哀そうだな。

僕はそう思ったものの、敵に対して同情している場合じゃない。

蒼龍槍を手に、ソウザに向かってゆっくりと歩き出した。

「やれ！　貴様ら！　決してビビるなよ！」

大盾兵がじわりと僕に詰め寄る。

同時に、魔導師部隊がバインドの魔法を一斉に放つ。

僕はそれを甘んじて受けた。

大丈夫。もう僕には効かないはずだ。

案の定、僕の歩みは止まらなかった。

魔導師たちは怯《ひる》まず、次々につむじ風を繰《く》り出す。

でも、もう心地よいそよ風くらいにしか感じられなかった。

僕はにやりと笑いながら、大盾を持った兵に向かって速度を上げた。

兵たちは決死の覚悟をその面《おもて》に表し、盾を構えて僕を待ち受ける。

僕は彼らの目前まで迫ると、蒼龍槍を一閃《いっせん》した。

鈍《にぶ》い音を立てて、目の前の兵が吹き飛んだ。

だが、彼らは恐れおののきながらも、それを合図に一斉に僕に挑みかかってきた。

「うおぉーーーーーーー！」

決死の雄たけびを上げて兵たちが迫りくる。

僕は冷静に、いつものように蒼龍槍を横に振るう。

「ぐぶっ！」

「げふっ！」

「ごっ！」

様々なうめき声を上げつつ、次々に吹き飛ぶ前面の兵たち。

僕はその勢いを保ち、さらに蒼龍槍を一周させた。

「がはっ！」

「ぎゃんっ！」

「ごぼっ！」

「ぶっ！」

「ぎゅふっ！」

結果、僕の周囲五メートルの範囲から、帝国兵の姿は消え去った。

しかし、すぐに替わりの兵士たちが突撃してくる。

僕はほとんど流れ作業のように彼らを弾き飛ばす。
十、二十、三十と、次々に吹き飛ばしていった。
それでも、まだだいぶ残っている。

僕はさらに蒼龍槍を目いっぱい振り回して、彼らを葬《ほうむ》っていった。
四十、五十、六十、七十。
まったく疲れはない。僕は迫りくる兵を機械的に倒していく。
八十、九十、百。
しっかりと数を数えたわけではないが、およそ百の兵士を倒したとき、そこにはもう魔導師部隊しか残っていなかった。

必死になってバインドの魔法を飛ばす魔導師たち。

でも、もう僕には微塵《みじん》も効きはしない。

すると、そのことを悟ったのか、一人の魔導師が魔法を切り替えた。

何事かをごにょごにょとつぶやくと、その両手から炎が発せられた。

炎はうなりを上げて回転しながら僕に迫ってくる。

僕はそれを甘んじて受けた。

紅蓮《ぐれん》の炎が僕の身体を包み込む。

熱い。かなり熱い。

だけど……

次第に僕の身体は炎の熱さを感じなくなっていった。

ただ、僕が最初に顔をしかめたからか、他の魔導師たちも一斉に炎の魔法を繰《く》り出してきた。

また少し熱い。

炎の数が増えるたび、熱さが上がっていく。

しばらくすると、僕は熱さをまったく感じなくなっていた。

けれど、どうやら、炎の魔法に対する耐性も獲得したようだ。

どうせなら他の魔法も……

僕がそんなことを思っていたら、ありがたいことに彼らは攻撃を切り替えてくれた。

ほぼ一斉に炎の魔法を諦《あきら》め、青く輝く氷の結晶を飛ばしはじめる。

蒼く透《す》き通った氷のつぶてが、僕の身体めがけて無数に襲ってきた。

これ、ちょっと痛そう。

僕はぼんやりとそう思いつつも、この程度なら我慢すれば問題ないと、受けてみることにした。

予想通り、最初はかなり痛かった。

さながら大粒の雹《ひょう》が降り注ぐ中を突き進むときのような痛みがしばらく続いた。

だが、すぐにレベルアップしていったのだろう。

痛みは徐々に引いていき、そのうちなんの痛痒《つうよう》も感じなくなっていた。

僕の平然とした表情を見て、魔導師たちがどよめいた。

今度は彼らの中のリーダー格らしき者が指示を出し、またも魔法の種類を変える。

バチッ！

雷光が煌《きら》めき、僕の身体を稲妻《いなずま》が襲う。

あ、これはいいや。すでに耐性ついているし。

「雷魔法は効かないから、他の魔法にしてもらってもいいですか？」

僕の言葉に驚き、たじろぐ魔導師部隊。

しかし、僕の表情を見て言っていることが真実だとわかったのか、物凄《ものすご》くうろたえた。

互いに顔を見合わせて困り果ててしまう。

あれ？　もしかして出し尽くしちゃったのかな？

僕が雷撃を受けながらそんなことを考えていると、重大なことに気がついた。

ソウザがいない！

あいつ、いつの間にか姿を消しているぞ！

僕は慌《あわ》てて走り出した。

魔導師たちは向かってくる僕を見て右往左往した挙句《あげく》、モーセが海を割るがごとく道を空ける。

僕はその間を通り抜け、さらに走った。

そこに、帝国軍兵士たちが果敢《かかん》に立ち塞《ふさ》がる。

「邪魔！　どいてっ！」

僕は叫《さけ》びながら蒼龍槍を振るった。

蒼龍槍が、帝国兵の重鎧《じゅうがい》に激しくぶち当たる。

どんなに鎧が硬かろうが、どんなに重たかろうが、僕には関係ない。

力を込めて槍を振るい、帝国兵士たちを数人まとめて宙に吹き飛ばした。

だが敵の数は多い。

次々に僕の前に重装歩兵が立ち塞《ふさ》がる。

こちらは急いでいる。

僕は縦横無尽に蒼龍槍を振るい、帝国軍の重装歩兵を次々に弾き飛ばしつつ前進した。

しかし、ソウザの影はまったく見えない。

魔法耐性を獲得することに集中しすぎてしまった。

その間に、肝心《かんじん》のソウザを取り逃がしてしまうなんて。

幸い、帝国軍の追撃は止まっている。

アリアスたちが襲われる心配はとりあえずないだろう。

とはいえ、当初の目的だったソウザを逃がしてしまうことになるとは……

僕は思わず歯噛《はが》みした。

でも、深追いするのはあまり得策じゃない。

僕は帝国歩兵を散々に打ち負かすと、その先にいた騎兵に目をつけた。

そして、一瞬で間合いを詰めて馬上の騎士を一撃で叩《たた》き落とし、馬を奪うことに成功する。

「仕方がない。これまでだ！」

僕は馬に乗るや、手綱《たづな》を引いて馬腹を蹴る。

馬はただちに駆け出した。いい馬だ。

こうして僕の敵中突破は終わり、たじろぐ帝国兵たちを残し、アリアスたちのもとへと帰還した。

☆

僕はアリアスたちと合流すると、できるだけ敵の目を誤魔化《ごまか》そうといくつも道を変えた。

分かれ道を右に、次は左に、今度も左に、その次は右に。

そのように、僕らは次々に道を変えていった。

だが、最終的な行き先は決まっている。

アリアスの叔母が嫁《とつ》いでいるオルダナ王国だ。

ただ、一つここで問題があった。

オルダナ王国はアルデバランの西に位置する国だが、その隣接地域は非常に狭い。

北に位置するベルガン帝国が、南に侵食した形で領土を持っているためだ。

つまり、何が言いたいかと言えば、オルダナ王国への道筋が一つしかないということである。

その通り道の名は、シヴァールの関。

ギャレット曰《いわ》く、カンネの関以上の峻険《しゅんけん》な山々に挟まれたところだそうで、とてもではないが山越えは無理とのことだった。

僕は馬車の手綱《たづな》を操りつつ、ギャレットに問いかけた。

「他の国を経由するというのはどうですか？」

ギャレットは目を瞑《つぶ》り、首を横に振った。

「北のベルガンはもちろん、南のアストランドも、我が国と険悪な関係のため、危険極まりないのだ」

「そうなんですか……だとすると、やはりシヴァールの関を越えないとダメということですか」

ギャレットは深いため息を洩《も》らした。

「そうなる。だがベルガンの者どもも、我らがオルダナ王国を目指していることは承知であろう」

「シヴァールの関で待ち伏せている可能性が高いわけですね？」

ギャレットは首を横にゆっくりと振った。

「いや、可能性が高いどころではない。確実に大軍勢を展開している。シヴァールの関自体は急峻《きゅうしゅん》な山間にあるが、その前面には広い平野が広がっている。数万の軍勢であろうとも展開できるほどのものだ。ゆえに、やつらは間違いなくそうしているであろうな」

数万の大軍勢か……さすがに未知の戦いになるな。

でも今の僕なら……

いや、広い平野が広がっているということは、四方を囲まれるということだ。

その状況の中で、アリアスを護《まも》りながら戦えるだろうか？

さすがに無理がある。

とてもではないけど、中央突破はできない。

ならばどうするか？

考えるしかない。

この最後にして最大の難関を突破するための秘策を、なんとしてでもひねり出すしかない。

こうして僕らは問題を抱えつつ、その最大の難関へと近づいていった。

☆

「どんな様子だった？」

ガッソが持っていたグラスをテーブルに置き、今店の中に入ってきた男に問いかけた。

「物凄《ものすご》い数です。おそらくは三万以上の大軍勢でしょう。立錐《りっすい》の余地もありませんぜ」

僕らはシヴァールの関から一キロほど離れたところにある、小さな村の小ぢんまりとした食事処《しょくじどころ》に身を寄せていた。

今まで、バーン商会の者たちを数人シヴァールの関に遣わし、状況を調べさせていたのだ。

「ちっ！　やっぱりか……どうするね？」

ガッソが顔をしかめて、ギャレットに問いかけた。

ギャレットは沈痛な表情でつぶやく。

「三万とはな。やはりグリンワルド師団全軍で、シヴァールの関を固めているということだな」

グリンワルド師団……僕が倒したあの黒衣の仮面騎士――カイゼル・グリンワルドの指揮する、帝国最強と謳《うた》われる師団だ。

「そうなると、危険を冒《おか》してでも南のアストランドに向かうべきか……」

しかし、ギャレットに対面するガッソが首を振った。

「そいつは難しいな。アストランドはほとんど敵国みたいなもんだ。となると、どこなりと今みたいに休憩《きゅうけい》していたら、途端に踏み込まれて捕まえられちまうぜ。ほら、これを見てみな？」

ガッソはそう言って、一枚の紙を懐《ふところ》から取り出してテーブルの上に置いた。

アリアスの似顔絵入りの手配書だ。そこには、罪人であることと帝国が追っていることは記載されているが、名前などのアリアス自身の情報はない。そのため彼女がなぜ手配されているのか、これだけではわからなかった。もしかすると、彼女の個人情報を入れて、かえって支援者たちが現れることを警戒しているかもしれない。

「この村に配られていたものだ。だがこの村の連中は、帝国軍に密告なんかしないで、あんたたちのことを知らんぷりしてくれているってわけさ」

そうなのか……僕は思わず周囲を見回した。

すると、店主やその奥さんが笑顔で会釈《えしゃく》してくれた。

そうだったんだ……。ありがたいな。

僕が店の人たちに会釈《えしゃく》を返していると、さらにガッソが言った。

「だがアストランドではどうなると思うね？　たちまち密告され、寝ているところを踏み込まれて終わりさ。そして帝国兵に引き渡されて、憐《あわ》れ断頭台の露と消えるのがオチさ」

ガッソは右手の親指を立てるや、自らの喉《のど》をかっ切る仕草をした。

ギャレットは暗い面持ちでうなずいた。

「確かにな。そして北のベルガンは言うに及ばず……となればやはり……」

ギャレットの言葉に、ガッソがうなずいた。

「ああ。なんとしてもこのシヴァールの関を越えるしかない」

「しかし、このような手配書が配られているのでは、越えられるはずもない」

「ああ。山越えも厳しい。山とは名ばかりの、ほとんど崖《がけ》みたいなところらしい」

崖《がけ》か……

僕ならアリアスを背負って登れるだろうけど、もしも下から弓矢で射かけられでもしたら……

ダメだ。アリアスが危険すぎる。

他に何か策はないものか……

僕は、ギャレットたち同様に考え込んだ。

だがそのとき、僕の視線の先……窓の向こうに何やら黒い影が見えた。

うん？　なんだろう。かなり遠いけど、何か動いたような……

あっ！

あれはあのときの黒装束！

僕は思わず腰を浮かし、窓枠の外の黒ずくめの集団を睨《にら》みつける。

「みんな、外に例の黒装束がいるよ！」

「どこだ？　どこにいる？」

ギャレットが腰を浮かせ、窓際に取りついて外を見た。

「ギャレットさんにはまだ見えないと思います。ですが、それはやつらも同様だと思います」

僕はギャレットを落ち着かせる意味もあり、声音《こわね》を低くした。

「つまり、今見えているのはカズマだけだということだな？」

「はい。おそらくですけど」

「いや、カズマの視力は尋常《じんじょう》ではない。カズマがそう言うのなら間違いあるまい。だとすると、まだ黒装束たちに見つかってはいないということか？」

僕はすかさず首を横に振った。

「いいえ、彼らは姿を見られないよう警戒しながら、こちらにゆっくりと近づいています。ですから、ここに僕らがいることはバレていると思います」

僕はガッソを見た。

ガッソが気まずそうに口を開く。

「この村の連中が密告したとは思えねえけどな……」

「僕も同感です。おそらくあらゆる村々に、手の者を潜伏させていたんじゃないでしょうか？」

「うむ。わしもそう思う。やつらの武器は数だ。こちらでは考えられないほどの数の間諜《かんちょう》なりなんなりを、様々なところに送り込んでいるのだろう」

僕の考えにギャレットも賛同した。

ガッソがうなずいた。

「そうですな。それが一番しっくりくる考えですな」

「それでどうする？　我らの動向を承知しているのは黒装束部隊だけではあるまい。おそらくシヴァールの関にいる三万の本隊にも、すでに連絡がいっていると考えるべきではないか？」

ギャレットは、窓の外を窺《うかが》い、まだ彼には見えない敵を探しながら言う。

「当然でしょうな。黒装束部隊が自分たちだけの手柄《てがら》にしようとでもしない限りは」

すると、ガッソが深刻そうな表情でうなずいた。

「うむ。となると、三万の大軍がここに押し寄せてくることも考えられるぞ」

ギャレットが言った。

少し前に数万の軍が展開できると彼は話していたが、いざそれが現実になるのかと思うと、僕の身体は震えた。

「じゃあこの村は飲み込まれてしまうじゃないですか！」

僕の言葉に、ギャレットが沈痛な面持ちでうなずいた。

「うむ……そうなってもおかしくはないのだ……」

僕は非常に困ったことになったと思い、頭をフル回転させる。

三万の大軍がここへ向かって殺到《さっとう》する。

どうすればいい？

だがその前に、やっておくことがある。

「まずは黒装束部隊を倒さなきゃ」

僕の提案に、ギャレットたちがうなずいた。

「やつらは素早い。色々と面倒な相手だけに、片づけられるなら早めに片づけておきたいところだ」

僕は壁に立てかけてあった蒼龍槍を握りしめた。

「僕が行きます！」

しかし、ガッソが待ったをかけた。

「一人で行くつもりかい？　散開されたら逃げられちまうんじゃないか？」

僕は首を横に強く振った。

「いいえ、それでも僕一人の方が素早いと思います。以前よりかなりレベルアップして、足も相当速くなっていますから」

ガッソが片眉《かたまゆ》を跳《は》ね上げた。

「違《ちげ》えねえ。確かにあっしらの足は遅いからな……」

「うむ。残念ながらあの黒装束部隊は異常なほど足が速い。となると、我らではそもそも無理がある。ここはカズマに任せるべきだろう」

ギャレットも賛成した。

「では、行ってきます！　軍勢については後ほど考えましょう」
ギャレットがうなずいた。
「うむ。いつもすまぬ。頼んだぞ」
僕は、腰を低くして出口へと向かった。
途中、窓の外を確認しつつ出口に到着すると、一度大きく深呼吸した。
そして肺腑《はいふ》の中の空気をすべて吐《は》き出し、扉を開いた。
よしっ！　見つけた。先頭の黒装束。
腰を屈めることにより、溜《た》め込んだ全身の力が僕の両足に注がれていく。
ふくらはぎがゆっくりと膨《ふく》らんでいき、今か今かと爆発の時を待つ。
僕はあらためて標的をしっかりと見定め……ついに両足に込められた力を放出する。
膨《ふく》らんだふくらはぎから足の裏へと力が伝わり、地面を激しく蹴りつける。
すると、僕の身体は爆発的な推進力でもって、前へと飛ぶように押し出された。
初めは重々しかった大地を蹴る音が、次第に軽やかなものに変わっていった。
シュッシュッという衣擦《きぬず》れの音も軽やかだ。
黒装束の男たちにあっという間に迫る。
ここでようやく先頭の男が僕の存在に気づいた。
遅い！

もうすでに攻撃範囲内だ。
僕は右手に持った蒼龍槍を軽やかに振るった。
そうしたのは、力を込めすぎると身体のバランスが崩れるからだ。
僕は先頭の黒装束を弾き飛ばすと、槍を反対の方向に振るう。
そして、次なる標的をまたも軽やかに宙へと吹き飛ばす。
だが、まだ敵はいる。
次だ！　よしっ！　次！　次！
僕は次々に槍を振るい、一気に五人を葬《ほうむ》った。
一、二、三、四……五！
残りは五人！
そこで、ようやく黒装束部隊が退却を始めた。
しかも、それぞれ開いた扇のように放射状に散開しながら。
だが、僕はすかさず方向転換して右に向かった。
一番右の者が、最も後退するのが遅かったからだ。
つまり、僕に一番近い。
僕は全力で駆け抜け、蒼龍槍を振るった。
黒装束の背中を、蒼龍槍の穂先《ほさき》が捉える。

残るは四人。

僕は急速に方向を変え、逃げる黒装束を追いかける。

いけるっ！

追いつく！

僕はためらわずに蒼龍槍を振るった。

黒装束が宙を舞う。

あと三人！

だが遠いかっ！

いや、まだだ！

諦《あきら》めるな！

僕は自分が野生動物になったイメージで、軽やかに、そしてしなやかに地面を蹴ってみた。

ピュン！　ピュン！　ピュン！　ピュン！

いい感じだ。

よしっ！　速度が上がった。

徐々に距離が縮まっていく。

よし、届いた！

僕の蒼龍槍が白刃を煌《きら》めかせて、黒い逃走者を襲う。

僕は一瞬のうちに黒装束を斬り伏せると、残りの二人を探した。

さらに遠くなっている。

だがっ！

さらに野生動物を意識しながら大地を駆ける。

徐々に縮まっていく彼我《ひが》の差。

しかし、あとわずかというところで黒装束が振り向き、僕がすぐそばまで近づいてきていることを確認するなり、速度を上げてしまった。

黒装束があと少しというところで離れていく。

いや、だったらこちらもレベルアップだ。

速度は少しずつだが、上がり続けている。

すると予想通り、またも差が縮まった。

よしっ！　いけるっ！

そう思ったときだった。

視線の彼方《かなた》に、あるものが目に入った。

川だ！

大きい……横幅二十メートルはある。

まずいっ！

僕は……泳げないんだ！
元の世界で、僕はかなづちだった。
かつていた窪地《くぼち》には、小川はあったものの、泳げるような深さはなかった。
だから僕は泳げない。
あの川に飛び込まれたら逃げられる。
その前に追いつかなければ！
僕は全身の力を込めて走った。
でも、気負いがよくなかったのだろうか、速度が落ちたように感じる。
いけない、力を入れすぎるな。
軽やかに、しなやかに、野生動物のように駆けるんだ。
徐々にまた速度が上がった。
でも、ギリギリだ。
届くかどうかわからない。
視線の先に、大きく横たわった川が徐々に近づいてくる。
届くか!?
あと少しだ。
あと三メートル。

あと二メートル。

あと……

間に合わないかっ！

だが僕は一か八《ばち》か、川の一歩手前で必死に手を伸ばして蒼龍槍を振るった。

黒装束はそのまま川に飛び込もうと跳躍《ちょうやく》する。

その背を蒼龍槍の穂先《ほさき》が迫る。

だが――

届かない！

蒼龍槍の数センチ先を、黒装束の背中がゆっくりと遠ざかっていく。

ダメだ！　間に合わなかった！

しかし、僕が無念の思いを抱いたその瞬間、驚くべきことが起こった。

蒼龍槍の穂先《ほさき》から何かが放たれたのだ。

それはさながら風刃《ふうじん》とでも呼ぶべきものであり、黒装束の背中を切り裂いた。

そして風刃は、いつのまにやら風のように跡形もなく虚空へと消え去っていた。

黒装束が川面《かわも》に激しく音を立てて落下し、すぐさま浮かび上がる。

その後動くことも、うめき声を上げることもなく、静かに川下へと流されていった。

僕は目の前の川を眺《なが》めつつ、しばし今の光景を思い起こして戸惑《とまど》うも、すぐにもう一人の黒装束がいることを思い出し、そちらに向かって駆け出す。

かなり遠くだ。

近くにあった橋を渡って、向こう岸を逃げている。

僕は川に沿って全力で走った。

途中であった橋を渡り、さらに追いかけた。

徐々に距離が縮まる。

どうするか？

先ほどの風のような刃が出るか、試してみるか。

僕はだんだんと近づいていった。

距離十メートルほどの距離になったとき、渾身《こんしん》の力を込めて蒼龍槍を振るった。

すると、先ほどと同様の風刃が槍の穂先《ほさき》より飛び出し、凄《すさ》まじい勢いで黒装束の背中を切り裂いた。

血飛沫《ちしぶき》を上げて地面に倒れ込む黒装束。

僕はゆっくりと足を止め、黒装束に近づいていった。

黒装束はうつぶせに倒れてピクリとも動かない。

僕は片膝を突き、黒装束の肩をゆすった。

反応は何もなかった。

試しに首筋に手を当ててみたが、脈はすでにない。

背中の傷口はばっくりと開き、血が猛然と噴き出している。
僕は思わず息を呑《の》んだ。
我ながら凄《すご》い威力だ。
しかも、先ほどよりも威力が上がっているような……
これも、レベルアップしているということだろう。
念のため、僕は久しぶりにステータス画面を開いてみた。
ページをめくって、この現象を探してみる。
そうしたところ、『風刃燕翔波《ふうじんえんしょうは》』と書かれた項目を見つけた。
レベルは2となっている。
たぶん、これに間違いない。
風刃燕翔波か……
これは使えそうだ。
僕は立ち上がると、みんながいるところへ戻ろうと駆け出した。

☆

僕が元いた店に戻ると、ギャレットがすかさず問いかけてきた。

「どうであった？」

僕はうなずいた。

「無事全員倒しました」

「おお！　そうか、さすがはカズマだ」

ギャレットが驚きの表情で言った。

「凄《すご》いな。物凄《ものすご》い速度で駆けていったものな？　驚いたぜ」

ガッソも驚きを隠せず、笑みを浮かべていた。

僕は褒《ほ》められて照れ臭かったが、それよりも大事なことを伝えねばと、話題を変えることにする。

「いえ、それよりも、新たな武器を手に入れました」

ギャレットとガッソが顔を見合わせた。

そして、このところ無口だったアリアスまでもが、興味を持ったのか、僕に問いかけてきた。

「武器？　……蒼龍槍以外に？　他には何も持っていないように見えるけど……」

僕は慌《あわ》てて手を顔の前で振って否定した。

「ああいや、そうじゃないんだ。新たな技を手に入れたと言った方がいいかな」

「新たな技だと？　それは一体どんなものなのだ？」

ギャレットが眉間《みけん》にしわを寄せた。

「風刃燕翔波という技です」

「ほう、聞いたことはないが、もしや、それはカズマの固有技か？」

僕はギャレットの言葉に思わず首を傾《かし》げた。

「固有技？　なんですか、それは？」

「レベルの高い者のみが習得することのできる、当人だけの技さ。よくはわからないが、他の人間には真似《まね》ができないもののようだな」

そうなのか……もしかしたらソウザの黒風靡爛《こつぷうびらん》や、カイゼルの暴龍炎狂飆《ぼうりゅうえんきょうひょう》がそうなのかも。

僕は固有技『風刃燕翔波』を手に入れ、未来が大きく開けたような気がした。

「ならば、その風刃燕翔波とやらを見せてくれないか」

ギャレットの求めに応じ、僕たちは店の外に出た。

そして誰もいない平原に向かって、僕は蒼龍槍を気合を込めて一振りした。

ブオン！

大気を切り裂き、蒼龍槍が陽光に煌《きら》めく。

すると、穂先《ほさき》から燕《つばめ》が飛翔するときのような三日月型の風刃が、たちどころに放出された。

「おおー！」

ギャレットがそれを見て、驚きの声を上げる。

「そいつは、切れるのかい？」

ガッソも興奮気味《ぎみ》に言った。

僕はうなずき、少し角度を下に向けて蒼龍槍を振るった。

白い燕《つばめ》が大地に向かって突き刺さる。

大地は一瞬のうちに切り裂かれ、横幅も深さも三十センチほどの亀裂が走った。

「おおーーーー！」

これには、先ほどよりも大きなどよめきが起こった。

バーン商会の人たちも一様に驚いている。

「凄《すご》いぞカズマ！　お前のことだ、振るえば振るうほど威力が増していくのではないか」

ギャレットもかなり興奮していた。

「はい。そうなります」

「ならば、どんどん振るってみてはくれないか？　これだとカズマの凄《すご》さが如実にわかりそうだ」

僕はうなずき、連続で何回も蒼龍槍を振るった。

僕の一振り一振りに、大地が次々と裂傷を負う。

しかもその傷は、次第に大きなものとなっていった。

「凄《すげ》え……」

ガッソが、うめくようにつぶやいた。

バーン商会の面々も同様であり、次第に声も出せなくなっていった。

そのとき、僕の頭の中にある考えが浮かんだ。

僕は蒼龍槍をさらに振りつつ、そのことについて考え出した。

さらに僕は十振りほどしてから、蒼龍槍を振る手を止めた。

「これなら突破も可能じゃないかと思うんですが……」

僕の唐突な発言に、ギャレットが眉根《まゆね》を寄せる。

「うん？　突破というと？」

僕はギャレットと真正面に向かい合い、先ほどから考えていたことを提案した。

「グリンワルド師団に対して、中央突破を仕かけたいと思います」

「ちゅ、中央突破だと～？」

ギャレットが驚愕《きょうがく》の声を上げた。

「はい。この風刃燕翔波があれば、それも可能だと思うんです」

「確かに……この技を出しながら進めば、近寄れるやつなんていないだろうな」

横合いからガッソが自らの顎《あご》をさすりながら言った。

「いやいやいや！　いくらなんでも危険すぎる！　敵は三万だぞ！　いくらその技が強力だとはいえ、三万は無理だ。数が多すぎる。わたしは断固として反対するぞ！」

ギャレットは反対するが、僕は引き下がるつもりがない。

固い決意を胸に、一同を見回しながら言った。

「いえ、いけると思います。それに、僕らには他に進める道はありません。だから、僕はこの方法に賭《か》けたいと思うんです」

そこへ、いつの間にやら前に進み出ていたアリアスが、何かを覚悟した表情で僕を見る。

「わかりました。わたしもカズマに賭《か》けようと思います」

僕はアリアスに笑みを作って、うなずいた。

「うん。僕に任せてほしい」

しかし、ギャレットが慌《あわ》てて僕とアリアスの間に入ってきた。

「お待ちくだされ！　まさか、カズマと一緒に中央突破を図るおつもりでは……」

「ええ、もちろん。わたしはカズマと一緒の馬に乗るつもりです」

アリアスが当然だと言わんばかりに答える。

「いけません！　そのような危険なこと！　許されようはずがございません！」

ギャレットは激烈に拒否した。

だが、アリアスは引かなかった。

「でも、他にオルダナ王国に入る手立てはないわ。北も南も八方塞《はっぽうふさ》がり。だったら一か八《ばち》か、カズマに賭《か》けるべきよ」

「しかし！」

ギャレットは、アリアスを説得しようと声の音量を上げた。

けれど、アリアスはそれ以上の大音声《だいおんじょう》を出した。

「しかしも何もありません！　カズマが言った通り、わたしたちにはもう他に道がないのです！　ならば、これまでわたしたちの窮地《きゅうち》を幾度も救ってくれたカズマに賭《か》けるべきなのです！」

それでも、アリアスの身を案じるギャレットは首を縦には振らなかった。

「いくらなんでも危険すぎます！　敵は三万、強大な数です。戦場において数は力。しかも相手はベルガン帝国最強と謳《うた》われるグリンワルド師団ですぞ。質も量も兼ね備えた恐るべき敵なのです。いかにこれまで奇跡を起こしてきたカズマとて、到底突破は不可能と存じます！」

「それでもです！　それでもなお、わたしたちはカズマに賭《か》けるしか、他に手立てはないのです！」

アリアスとギャレットの主従による攻防は、そこで終わりを告げた。

ギャレットは一つ大きなため息をつくと、覚悟を決めたらしい。

「わかり申した。殿下がそこまで仰《おっしゃ》るのでしたら、わたくしめは従うよりほか、ありません」

そう言うと、深々と頭を下げた。

だがすぐに自分が今、何を言ってしまったのかを自覚して慌《あわ》てた。

「あ、いや……その……ガッソよ、聞いておったかの？」

ガッソが肩を大きくすくめ、苦笑いを浮かべた。

「そいつはもしかして、あんたが殿下って言ったことか？　それだったら気にすることはねえさ。あっしらだって馬鹿じゃあねえ。ほとんど最初から、こちらのお嬢さんがアルデバラン王国の王女様だって気づいていたぜ」

「お主ら、気づいておったのか……」

ギャレットが驚いた表情を見せた。

ガッソはまたも肩をすくめる。

「まあな。そもそも帝国軍がこれほど執拗《しつよう》に追いかける相手なんて、そうはいないさ。なので、今後は遠慮なく殿下って呼べばいいさ」

ガッソに言われ、ギャレットも苦笑した。

「そうであったか。わかった。それで、お主らはどうするつもりだ？」

ガッソは腕組みをし、少し考えた後、おもむろに口を開いた。

「何人かはカンネの関のとき同様、馬車とともに国境を越えてもらおう。それ以外は……」

ガッソは振り返り、自らの配下の顔を見回した。

見ると、皆自信たっぷりに笑っている。

ガッソは満足げにうなずくと、にやりと口角を上げた。

「たぶん、あっしと一緒に敵中に突っ込むんじゃないかねえ」


方針は定まった。

今後の資金源となる貴重な鉱石——グランルビーを載せた馬車は、侍女のメルアやバーン商会の者たちによって、すでにシヴァールの関へ向けて出発している。

あとは僕たちが覚悟を決めて、帝国軍最強と謳《うた》われるグリンワルド師団に突撃するだけだ。

帝国軍はおそらく黒装束部隊以外の偵察部隊の報告を受け、こちらへ向かっていることだろう。

僕は一度大きく息を吸い込むと、一気に吐《は》き出し、遥《はる》か後方を見ながら馬に跨《また》がる。

それから、右手を下に向けて差し出す。

その手をアリアスがしっかりと握った。

僕はぐいっと腕を引くと、一息にアリアスの身体を持ち上げ、馬の後ろに乗せた。

右を見ると、ギャレットがすでに馬上の人となり、こちらを見てうなずいている。

左を見れば、ガッソ以下、残ったバーン商会の人たちが馬上で笑みを浮かべている。

準備は整った。

僕はそこでもう一度大きく息を吸い込んだ。

だが先ほどと異なり、息を止めた。

そして、すぐ目にするであろう三万の大軍勢を頭に思い浮かべつつ、気合を込めて息を吐《は》き出す。

「ぶふう～～～」

「大丈夫？　カズマ」

アリアスに声をかけられた。

僕は笑みを浮かべ、振り向いた。

「もちろん！　僕は大丈夫だよ。アリアスは大丈夫？」

「もちろんよ！　カズマと一緒だもの」

僕らは互いに笑い合った。

そしてひとしきり笑うと、僕は真正面に向き直った。

「行きます！」

「うおおおぉぉぉぉぉ――――――――――――！」

僕の号令に、一同が雄たけびを上げた。

それを合図に、僕は馬腹を蹴った。

すぐに馬が反応して、勢いよく走り出す。

ギャレット、ガッソたちもそれに続く。

僕たちは、三万もの大軍めがけて、全速で平原を突き進む。

すると、僕の目に地平線に広く高く舞い上がる砂埃《すなぼこり》が――

「見えたっ！」

「帝国軍かっ！」

右側を並走するギャレットが素早く反応した。

僕は力強くうなずいた。

「間違いありません。砂埃《すなぼこり》が地平線を埋《う》め尽くしていますから」

「大軍というわけだな」

「はい」

「ついに来やがったか。こいつは腕が鳴るぜ。とはいっても、ほとんどはカズマ、お前に任せるけどな」

左側を並走するガッソが笑みを浮かべた。

僕も笑顔を作った。

「はい。僕が先頭で道を切り開きます。みなさんは後ろをついてきてください」

「そうさせてもらうぜ。お前らも、無駄死にはするなよ！　無駄な戦闘は避けるんだ！」

「おう！」

ガッソの号令に、皆が応じた。

ガッソがするすると下がっていった。

右にいたギャレットも同様だ。

そうして僕を先頭に、二列目にギャレットとガッソが並走し、次いで三人のバーン商会の者たちが三列目に並ぶという逆三角形となり、小さいながらも魚鱗《ぎょりん》の陣形となった。

これで行く。

このまま僕が先頭で道を切り開いて突破してみせる。

彼方《かなた》の砂埃《すなぼこり》が先ほどよりも高く広く舞い上がっている。

あと数分だろう。

その後、戦いが始まり、果てしなく続く。
一瞬たりとも気が抜けない、厳しい戦いになる。
だけど、僕の心に曇りはない。
恐怖も何もありはしない。
ただただ僕は、アリアスをオルダナ王国に送り届けたいんだ。
その一心でもって、僕は手綱《たづな》を繰《く》り、夥《おびただ》しい数の敵中へと突入していく。
そして、ついに敵の軍勢が地平線の彼方《かなた》に、その姿を現した。
凄《すご》い数だ……
これが、三万の軍勢の迫力か。
夥《おびただ》しい数の馬、馬、馬。
さらにその馬に跨《また》がる、無数とも思える帝国軍騎士たち。
猛《たけ》り狂ったかのように響き渡る馬蹄《ばてい》の音が僕の耳を劈《つんざ》く。
彼らが身に纏《まと》う重武装がいくつも陽光に煌《きら》めき、僕の目に突き刺さる。
それでも、僕の心は落ち着いていた。
どんなに数が多かろうが、ただ弾き飛ばすのみ。
鎧袖一触《がいしゅういっしょく》で突き抜けてみせる。
僕はさらに強く手綱《たづな》をしごくと、馬を加速させた。

彼我《ひが》の距離を測る。
あと……十五秒。
おそらくそれくらいで、衝突の時を迎えるだろう。
敵の進軍速度は変わらない。
ならば、このまま突き進むのみ。
あと、十秒。
僕は最後の深呼吸をした。
平原に漂う美味しい空気が風となって僕の中に侵入し、肺腑《はいふ》を満たす。
あと五秒。
僕は一気に肺腑《はいふ》の空気を吐《は》き出した。
その空気が、僕の唇《くちびる》を震わせる。
三秒。
僕はゆっくりと右手に握った蒼龍槍を後ろに振りかぶる。
一秒、そして……
僕は力いっぱいに蒼龍槍を前に振るった。
と同時に、裂帛《れっぱく》の気合を込めて僕は叫《さけ》んだ。
「風刃燕翔波！」

蒼龍槍が空気を切り裂く音が響く。
瞬間、その穂先《ほさき》から、燕《つばめ》が飛翔するかのごとき白い風刃が放たれた。
白刃は徐々に大きくなっていき、広範囲の帝国騎士たちを次々に切り裂いていく。
風刃燕翔波によって深手を負った帝国騎士たちが続々と落馬していく。
道は開かれた！
僕は蒼龍槍を振るい、風刃燕翔波を出し惜《お》しみすることなく放ち続けた。
風刃燕翔波は、どれだけ厚みのある鎧であれ、紙切れのように切り裂く。
そのため、帝国軍騎士たちはなすすべなく傷つき、弾き飛ばされていった。
だが敵は三万。
これはまだ序の口だ。
右の横合いから、帝国軍騎士たちが決死の覚悟で突っ込んできた。
僕はそちらに向かって蒼龍槍を振るった。
巨大な白刃が顕現《けんげん》し、急襲する騎士たちを襲う。
「ぐぶふっ！」
「がはっ！」
「ごぶっ！」
帝国騎士たちが次々に血反吐《ちへど》を吐《は》いて落馬していく。

続いて、今度は左方からだ。

鬼の形相《ぎょうそう》で帝国兵が迫りくる。

しかし、僕は慌《あわ》てることなく蒼龍槍を振るい、風刃燕翔波を繰《く》り出した。

「ごぼっ！」

「ぶふっ！」

「がふっ！」

またも血飛沫《ちしぶき》を上げ、騎士たちは馬ごと弾け飛んでいった。

このままだ！　このまま突き進め！

そうすれば、目指すオルダナ王国にたどり着く。

そしてアリアスの名のもとに、アルデバラン王国再興の旗印《はたじるし》を掲《かか》げるんだ。

僕は悪鬼羅刹《あっきらせつ》のごとき奮戦で、その後も次々に帝国軍騎士たちを血祭りにあげていく。

白い燕《つばめ》が飛び立つと、障害物など何もないかのようにすべてを切り裂き、まっすぐ突き進んでいく。

いける。僕はそう確信した。

それというのも、僕が蒼龍槍を振るうたび、穂先《ほさき》から繰《く》り出される風刃燕翔波が少しずつ強力なものへと変わっていったからだ。

威力も距離も大きさも、すべてが少しずつではあるが、強力になっていった。

これなら敵が三万であろうと、突き抜けることは可能だ。

僕は縦横無尽に、迫りくる帝国兵に向かって蒼龍槍を振るい続けた。
白燕が、平原を通り抜ける風のごとく軽やかに飛翔する。
通ったあとには、夥《おびただ》しい血飛沫《ちしぶき》が舞い上がった。
僕らは帝国兵の大量の骸《むくろ》を顧《かえり》みることなく、全速力で平原を駆け抜けていく。
けれど、どれほどの数を屠《ほふ》っても、敵は一向に減っているように思えない。
まだ地平線の彼方《かなた》までびっしりと埋《う》まっているように見える。
きりがない。
正直な僕の感想だ。
かなりの敵を葬《ほうむ》ってきたはずだ。
なのに、視界の中は敵兵でいっぱいだ。
くそっ！
さっきはいけると思ったのに……
いや、ダメだ。弱気になるな。
敵の数は有限だ。
無限に地中から湧《わ》き出るわけじゃない。
そうだ。
どれだけ敵がいようとも、いつかは尽きるはずだ。

今は視界が敵で埋《う》め尽くされようと、いつかは……
それまでは無心で蒼龍槍を振るうんだ。
何も考えるな。
ただ迫りくる敵を倒せ！
そうすれば道は開かれるはずだ！
僕はあらためて意を決して、正面の敵に蒼龍槍を振るった。
白燕が凄《すさ》まじい勢いで放たれ、目の前の騎士たちを鎧ごとぶった切る。
いけっ！
次々に帝国騎士たちが白燕の餌食《えじき》となって地面に落下していく。
だがそのとき、上空から無数の矢が飛んできた！
僕はすかさず上空に向かって蒼龍槍を振るった。
白燕はすでにかなりの厚みを持っており、相当数の矢を弾き飛ばした。
それでも、撃ち漏《も》らしはある。
僕は夥《おびただ》しい数の矢に向けて、蒼龍槍を幾度も振るった。
白燕が次々に飛び立つ。
そして、迫りくる矢のすべてを見事に撃ち落とした。
しかし、僕の注意が空に向けられていた隙《すき》に、地上の騎士たちが殺到《さっとう》していた。

「うおおおぉぉぉぉーーーーーーーーーーーーーーーー！」

目前の騎士が、決死の形相《ぎょうそう》で僕に槍を突き立てようとする。

僕はすぐさま、数十センチにまで近づいた騎士を、力任せに蒼龍槍の柄《え》で横薙《よこな》ぎにする。

すると蒼龍槍の柄《え》に、横一列に並んだ三人もの騎士の重みが加わった。

だが僕はその重さを感じるいとまもなく、強引に蒼龍槍を振り切り、その勢いのまま吹き飛ばした。

しかし、まだ帝国軍の進撃は止まらない。

彼らは雄たけびを上げて、僕に突進を仕かけてくる。

「うおおおおぉぉぉぉーーーーーーーーーーーーー！」

僕はまたも蒼龍槍をめいっぱいの力で振った。

蒼龍槍はまたも三人の帝国騎士の身体を乗せると、その腕の骨やらあばら骨やらを壊滅的に叩《たた》き折ってから吹き飛ばした。

それでも帝国兵は止まらない。

高々と砂埃《すなぼこり》を上げ、猛《たけ》り狂って押し寄せてくる。

だけど、僕だって止まりはしない。

僕はその後も白燕を数限りなく放ち続け、膨大な数の帝国軍の間をひたすら前へと突き進む。

☆

あれから何百回蒼龍槍を振るっただろう。

敵の数は一向に減る気配がない。

「カズマ、大丈夫？」

アリアスがとても心配そうな声で僕を気遣う。

振り向かずとも、アリアスが今どんな表情をしているかわかる。

きっと、今にも泣き出しそうな顔をしているのではないか。

僕はそんなアリアスを勇気づけようと、努めて明るい声で返事をした。

「もちろん！　大丈夫さ！」

だがこの間にも、帝国兵は僕らに襲いかかってくる。

しかしそれ以上に容赦《ようしゃ》なく、僕は蒼龍槍で彼らを散々に蹴散らしていった。

「でも、息が荒くなってきているわ！」

アリアスが声を震わせる。

そう。確かに、だいぶ僕の息は上がってきた。

僕は今まで数々の戦闘をこなしてきたつもりだったけど、これほどの長期戦は初めてだった。

しかも、敵はひっきりなしに襲いかかってくる。

おそらく僕の体力は、今この瞬間もレベルアップしているのだろうが、あまりの敵の多さに追いついていないのだろう。

それが呼吸の荒さに表れている。

やはり、僕はまだ無敵じゃない。

未完成の状態なんだ。

だから、僕の疲労は少しずつ増大している。

そこをアリアスにつかれてしまった。

でも、認めるわけにはいかない。

これ以上アリアスを心配させるわけにはいかないんだ！

「大丈夫だって！　問題ないよ！　ほら」

僕はそう言うと、蒼龍槍を力いっぱいに振るった。

すると、白燕が槍の穂先《ほさき》から勢いよく飛翔していった。

だが、その大きさは明らかに小さくなっていた。

レベルアップし続けているとはいえ、疲労によって風刃燕翔波の威力が減殺《げんさい》されているようだ。

このままではまずい。

僕は強く蒼龍槍を握り込もうとするが、力がうまく入らない。

だいぶ握力も落ちてきている。

そんなとき、再び雨あられと無数の矢が頭上から降ってきた。

僕は気持ちを奮い立たせて蒼龍槍を握り直し、風刃燕翔波を空に向かって放った。

しかし、飛び出した白燕は小さく、とてもではないがすべての矢を撃ち落とせるはずもなかった。

「くそっ！」

僕は何度も何度も空に向かって蒼龍槍を振るった。

数羽の白燕が勢いよく空へと飛び立つ。

けれど、すべての矢を撃ち落とすまでには至らなかった。

「しまった！」

撃ち漏《も》らした矢が僕らの頭上に降り注ぐ。

それでも、蒼龍槍をギリギリ最後まで振るうことで、なんとか僕やアリアスを襲う矢をその柄《え》でもって撃ち落とすことができた。

だが――

僕らの後ろで馬が激しくいなないた。

「ぐっ！」

「がはっ！」

僕の背後で何頭もの馬がくずおれ、人が地面に叩《たた》きつけられる音がした。

僕は祈るような気持ちで後ろを向いた。
しかし、僕の祈りも虚しく、ギャレットたちは地面に倒れていた。
「ギャレットさん！　ガッソさん！」
なんてことだ！
みんな降り注ぐ矢に射られて、落馬している。
戻らなきゃ！
僕は咄嗟《とっさ》にそう思った。
だがそのとき、僕の背にしがみつくアリアスの姿が目に入った。
僕の使命は、アリアスを無事にオルダナ王国へ送り届けること。
けれど、僕の体力は残り少ない。
このまま直進しても、敵陣を突き抜けられるかどうか、わからないほどだ。
ここで引き返しては、勢いが削《そ》がれる。
いや、止まる！
そうなれば、確実に大軍に囲まれることだろう。
そういった事態はなんとしても避けたい。
となれば……
そのとき、落馬し全身を強く打ちつけたであろうギャレットが叫《さけ》んだ。

「振り返るなっーーー！　行けっ！　カズマよ、あとはすべてをお前に託すっ！」
見るとギャレットが傷だらけの相貌《そうぼう》に、爽《さわ》やかな笑みを浮かべている。
隣のガッソも、他の皆も僕に助けを求めたりはしない。
誰もが自らの運命を受け入れた漢《おとこ》の顔をしている。
助けたい！　助けに行きたい！　だけど！
一体どうすればいいんだ！
そう思って、すがるようにアリアスを見た。
だが、アリアスは僕の背中にしがみついており、その表情を見ることはできなかった。
心臓が今までにないくらいに高鳴る。
どうしたらいい？
胸が苦しい！
ああ！
…………進むしかない。
これまでだって、犠牲《ぎせい》は出ていた。
あの鬱蒼《うっそう》とした森で、護衛隊員の四人が亡くなっている。
僕は彼らの墓を作ったじゃないか。
そのときに彼らに誓ったじゃないか。

必ずアリアスをオルダナ王国へと送り届けますと、固く誓ったじゃないか！

そうだ。僕のやるべきことはアリアスをオルダナへと送り届けることだ。

それが最優先なんだ！

ここで引き返してしまえば、突破できる可能性は極めて低くなる。

ならば！

僕は決意をもって前を向くと、手綱《たづな》を強くしごいた。

と同時に、馬腹を強く蹴る。

馬がそれに反応して速度を上げた。

突き進め！

それをギャレットも望んでいる。

ガッソたちには悪いことをしたと思う。

だけど、彼らは自由に生きる漢《おとこ》たちだ。

自らが選択した道を進む以上、たとえその先が地獄であっても後悔したりはしないだろう。

だから、彼らは覚悟を決めた顔をしていたんだ。

だったら、僕の行く道は一つだ。

オルダナ王国へと通ずるシヴァールの関への一本道。

僕には見える。

そのまっすぐ伸びた一本道が光り輝き、オルダナへと続いている。

あとは、ひたすら駆けるだけだ。

「うおぉぉぉーーーーーーーーー！」

僕は雄たけびを上げながら、蒼龍槍を力の限り振るい続け、その光の道をひた走った。

☆

「振り返るなっーーー！　行けっ！　カズマよ、あとはすべてをお前に託すっ！」

落馬したギャレットは痛みをこらえて立ち上がり、カズマに叫《さけ》んだ。

その声が届いたのか、カズマはすぐさま前を向き、それ以降振り返ることはなかった。

ギャレットは笑顔でその姿を見送ると、横に立っていたガッソを見た。

「すまんな。お前たちには本当に申し訳ないことをした」

ガッソも笑みを浮かべて、軽く顎《あご》を上げる。

「なあに、覚悟の上さ。あんたが謝るようなことじゃない」

「そうか……」

ギャレットはそれ以上何も言わなかった。

なぜなら、笑みを浮かべていたのがガッソだけではなかったからだ。

すでに馬を失い二本の足で立っているバーン商会の他の面々も、周りを取り囲む帝国兵たちに対して剣を構えて威圧しながら、一様に爽《さわ》やかな笑みを浮かべていた。

ギャレットは今このときこそが、これまでの人生で最も満ち足りた瞬間なのではないかと思った。

確かに、アリアスが無事オルダナ王国へとたどり着き、アルデバラン王国の再興を果たす姿を見ることは叶《かな》わなくなった。

だがきっと、アリアスはオルダナ王国に到着するだろう。

なぜなら、アリアスには稀代《きだい》の勇者がついている。

カズマならば、必ずアリアスを連れてオルダナにたどり着き、きっと王国再興のための大いなる力となってくれるであろう。

ならば、自分はここで果てても構わない。

この気持ちのいい漢《おとこ》たちとともに、ここで捨て石となってみせよう！

ギャレットは落馬の際にも決して手放すことのなかった槍を力強く握りしめると、ゆっくりと立ち上がって大音声《だいおんじょう》で叫《さけ》んだ。

「命のいらぬ者は誰なりとかかってくるがよい！　我ら死兵の恐ろしさ、とくと味わうがよいわ！」

帝国兵が雪崩《なだれ》を打ってギャレットたちに襲いかかる。

だがそれを、ギャレットたちは悉《ことごと》く跳《は》ね返した。

「くっ！　こやつら……死にぞこないのくせに！」

帝国兵の一人が腹立ちまぎれに吐《は》き捨てた。

ギャレットがふふんと鼻で笑う。

「だから言ったであろう。我らは死兵よ。すでに死することを受け入れた以上、貴様らと違い命は惜《お》しまん！　あとはただ、悪鬼羅刹《あっきらせつ》のごとく戦うのみ！　対して貴様らには、死する覚悟はあるまい！」

周りを取り囲む帝国兵たちが、皆一歩後ずさる。

ギャレットは彼らをギロリと睨《にら》みつける。

「どうやら、本当にないようだな。ならば、貴様らでは我らの首など取れん！　命を惜《お》しむ者は、ただちにこの場より立ち去れい！」

そのとき、ギャレットたちの左手より二十騎ほどの騎馬の一隊が新たに到着した。

馬蹄《ばてい》が地面を激しく叩《たた》いて、一斉に止まる。

その先頭には、かつてギャレットに瀕死《ひんし》の重傷を負わせた男がいた。

「う～ん、なんだ？　あの小僧《こぞう》はおらんのか～？　つまらん、こんなうだつの上がらないおっさん連中など、俺はあまり興味が持てんのだがなあ～。だがまあいいさ。たっぷりと死ぬまで可愛《かわい》がってやるよ」

因縁《いんねん》の男――ソウザ・デグラントが、ギャレットたちを嘲笑《ちょうしょう》した。

「くっ！　またも貴様か……」

ギャレットは彼を見るなり、顔をしかめた。

傍《かたわ》らのガッソが肩をすくめる。

「こいつか、これまで何度もカズマにボコボコにされては逃げまくるという、情けない卑怯者《ひきょうもの》は」

ガッソの言葉を聞いたソウザは顔面を紅潮《こうちょう》させ、歯ぎしりをしながら、馬上よりガッソを睨《にら》みつけた。

「なんだと？　貴様……この俺様に対してなんだって？　どうやら命がいらんようだな？」

ガッソは鼻で笑った。

「ふん！　馬鹿かお前は。この状況を見てわからんか？　あっしらは命なんてとうに捨てている。あとはどう華々しく散るかのみ……ってところよ」

「ふん！　ならばとっとと死ね！　お前の骸《むくろ》は俺が責任もってぐっちゃぐっちゃに切り刻んでやる！」

ガッソが思わず顔をしかめた。

「嫌だねえ、こいつはどうも風情ってもんがない。こんなやつにはやられたくはないねえ」

「ふん、馬鹿が！　今は貴様が選り好みできる状況ではないわ！」

だが、ガッソは落ち着いた様子で馬上のソウザを睨《にら》み、不敵な笑みを浮かべた。

「そんなことはねえさ。あっしがお前をぶっ殺しちまえばいいんだからな」

「気に食わねえなあ〜、実にムカつくぜ。だがな、同時にお前みたいなやつと出会えたことを、神に感謝したい気分だぜ。なぜだかわかるか？」

ソウザはそう言うと、長い舌をチロチロと出して舌舐《したな》めずりした。

ガッソはソウザの仕草を見て眉《まゆ》をひそめる。

「さあな。お前みたいなやつが何を考えているかなんて、あっしには思いつきもしないぜ。どうせろくなことじゃないだろうしな」

すると、ソウザがケタケタと愉快そうに笑った。

「当たり～。お前にとってはろくなことじゃないだろうな。俺がお前と出会えて神に感謝したいと言ったのは、そのおかげで、俺の好きなようにお前をズタズタに切り裂いてやれるからだよ」

「ふん！　どうせそんなこったろうと思った。ひねりも何もあったもんじゃねえ。まったくつまらねえやつだぜ」

ソウザが下品な笑いをやめた。

「あ～？　なんだって～？」

「聞こえなかったのか？　つまらねえやつだって言ったのさ」

ソウザの目が据《す》わった。

「てめえ～、そんなに早く死にたいのか～？」

「どうでもいいからかかってこいよ。口だけ大将」

ガッソはもう飽《あ》き飽《あ》きだと言わんばかりだった。

それに対し、ソウザが顔を真っ赤にして激昂《げきこう》した。そして右手を横に伸ばすと、従者が素早く槍を手渡した。

ソウザは槍を受け取るなり、下馬した。

そして、ガッソに向けて槍を構えた。

「俺が口だけかどうか、お前自身の身で確かめてみな！」

「おう、いいぜ！　かかってきな」

ガッソは、ずいっと一歩前に出た。

続いて、右手に握った剣をソウザに向けた。

ここでギャレットが、後ろからガッソに耳打ちした。

「ガッソ、気をつけろよ。やつは見かけと違って強いぞ」

「ああ。こうして対峙すればわかる。だがあっしもAランクだ。やつとは五分《ごぶ》に渡り合えるはずだ」

ガッソは振り返らずに答えた。

ギャレットはうなずいた。

「わかった。ではソウザはお前に任せる」

「おうよ、手出しは無用だぜ」

言い終えるや否や、ガッソはソウザに向かって斬り込んでいった。

だが槍を構えていたソウザは、落ち着いた様子でガッソの動きを牽制《けんせい》するように、凄《すさ》まじい勢いで突きを連続で繰《く》り出した。

「ふはははーー！　どうだ、この俺様の神速の連撃は！」

とはいえ、ガッソは飛び込む勢いこそ殺されたが、ソウザの恐るべき連撃をすべて打ち払っている。

さしものソウザも、このガッソの動きに刮目《かつもく》した。

「ふん！　なかなかやるではないか。この俺様に無礼な口を叩《たた》くだけはあるわ！」

ガッソは鼻を鳴らした。

「ふん！　お前なんかに褒《ほ》められたって、なんにも嬉しくねえぜ！」

ソウザは怒るでもなく、口の端をくいっと上げた。

「そうか。では、お遊びはこれまでとしよう」

ソウザの周りに突如として黒い渦のようなものが湧《わ》き出てきた。そして、その中から夥《おびただ》しい数の黒い蛇が顔を覗《のぞ》かせる。

「……なんだ？　あの黒い渦のようなものは……」

ガッソはギュッと眉根《まゆね》を寄せて、ソウザを睨《にら》みつけた。

ソウザは長い舌をチロチロと出した。

「貴様ごときにこの奥義を使う必要はないと思うが、俺様は慎重なんでな」

ガッソはより強くソウザを睨《にら》みつけた。

「奥義だと？」

「そうさ、この俺様の奥義を受けられるんだ。光栄だと思え」

「ふん、何を御託《ごたく》を並べている。だったら、さっさとその奥義とやらをやってみろ」

「いいだろう。では俺様の奥義を受けるがよい。黒風靡爛！」

ソウザの言葉で、黒い渦が四散した。

と同時に、無数の黒い蛇がガッソめがけて襲いかかる。

ガッソは夥《おびただ》しい数の蛇による攻撃を、じりじり下がりながらも、神速の連撃で次々撃ち落とす。

だが黒蛇の数はあまりにも多く、ガッソは次第に追い詰められていった。

ガッソの頬《ほお》を黒蛇の牙がかすめる。

鮮血が頬《ほお》から流れる。

それだけではない。

二の腕、脇腹、太ももなどからも、鮮血が飛び散っていく。

「くっ！」

ガッソの口からうめき声が漏《も》れる。

そのとき、無数の黒蛇の隙間《すきま》から、陽光に照らされた何かが一瞬煌《きら》めいた。

ガッソはそのものの正体に気づいた。

槍だ！

しかし、気づいたときにはもう遅い。

槍の穂先《ほさき》は、ガッソの心臓に向かって猛然と突進していた。

万事休す。

ガッソがそう諦《あきら》めた瞬間、突然槍の穂先《ほさき》が甲高い金属音を響かせ、弾かれた。

ガッソは驚き、横手を見る。

そこには、どかっと腰を落として槍を構えるギャレットの姿があった。

「気をつけろ！　やつの槍には毒が仕込まれているはずだ！」

「すまねえ！　助かったぜ！」

ガッソは九死に一生を得た思いで、ギャレットに礼を言う。

対するソウザは、顔をしかめて舌打ちをした。

「ちっ！　邪魔をしおって。おい、貴様、一対一ではなかったのか」

ソウザは顎《あご》を上げ、上から目線でガッソに向かって言った。

それには、ガッソに代わってギャレットが答える。

「ふん！　槍に毒を仕込むようなやつが何を言おうと、聞く耳は持たん」

「ちっ！　生意気な……まあいい。ならば、二人でかかってこい。貴様らレベルが相手なら、二対一くらいがちょうどいいわ！」

ソウザはそう言うと、再び黒風糜爛を展開した。

黒い渦がソウザの周りに現出する。

ギャレットは槍を強く握りしめると、ソウザに槍の連撃を繰《く》り出した。

「おりゃおりゃおりゃおりゃおりゃー！」

だがソウザの黒風靡爛がそれを簡単に迎え撃つ。

無数の黒蛇がギャレットに襲いかかる。

ギャレットは自身最速の突きで次々に撃ち落としていくも、すべてを撃ち落とせはしなかった。

逆に一歩、また一歩と、徐々に後退していく。

しかしそのとき、ギャレットを遥《はる》かに上回る神速の連撃が、無数の黒蛇たちに襲いかかった。

ガッソである。

ガッソはさすがはAランクと言える凄《すさ》まじい連撃により、黒蛇たちを次々に斬り落としていく。

だがそれでも、彼らは時とともに後ろに下がっていかざるを得なかった。

やはり二人がかりでも、黒風靡爛は破れない。

少しずつ二人の身体は傷ついていった。

「くそっ！　こやつ、卑怯者《ひきょうもの》のくせに強い！」

ギャレットが思わず口にした言葉に、ソウザが食いついた。

「ふん！　卑怯者《ひきょうもの》で大いに結構！　褒《ほ》め言葉と受け取っておこう。だが、いい加減お前たちの相手をするのは飽《あ》きたな。そろそろ決着をつけさせてもらおうか！」

ソウザは、黒風靡爛の勢いを一段階上げた。

黒蛇の数がさらに増えていく。

一匹一匹の動きも、先ほどよりも明らかに素早くなっている。

二人を襲う黒風糜爛の圧力が、遥《はる》かに増した。

ギャレットの身体が切り裂かれていく。

ガッソの身体からも、ギャレットほどではないにしろ、至るところから鮮血が噴き出している。

これまでか……

ギャレットもガッソも、さすがに覚悟を決めざるを得ないところまで追い込まれた。

そのとき、金属の輝きが無数の黒蛇をかき分け、凄《すさ》まじい勢いでガッソを襲った。

ガッソは瞬間的に身体をよじり、それを回避しようとする。

しかし、避けきれず、ソウザの槍に胸を深々と貫かれた。

「ガッソ!」

ギャレットが叫《さけ》ぶ。

だが、ガッソは片膝をついたところでなんとか耐えた。

「……大丈夫だ。心臓は……やられてねえ」

ギャレットが横目で確認したところ、確かに心臓は外れているようだった。

とはいえ、重傷であることに違いはない。

それでもガッソは、片膝をついた状態ながらも必死で剣を振るい、黒蛇の攻撃をなんとか斬り払い続ける。
最早、二人の命は風前の灯火だった。
すると、ソウザはそれを見て取り、勝利の雄たけびを上げる。
「どうやら俺の勝ち確定だな！　では、さっさと死ねい！」
無数の黒蛇の隙間《すきま》から、一筋の煌《きら》めきが躍《おど》り出る。
槍の穂先《ほさき》が、今度はギャレットの心臓をめがけて凄《すさ》まじい勢いで突き進む。
ギャレットはその槍のあまりの速さに、なす術《すべ》がなかった。
殿下、おさらば！
心の中でそう叫《さけ》んだ。
だが次の瞬間、凄《すさ》まじい衝撃音とともに、ソウザの槍が弾かれた。
ギャレットは驚き、傍《かたわ》らを見る。
ガッソは片膝をついた状態であり、ソウザの槍を弾き返せるような体勢ではない。
では誰が？
ギャレットはさらに首《こうべ》をめぐらした。
そこには、ここにいるはずのない二人が、馬上からギャレットを見つめていた。
「ギャレット！」
後ろの少女が馬から飛び下りる。

少女は涙を流し、顔をくしゃくしゃにしながら、ギャレットに抱きついた。

ギャレットはもう二度と会うはずのなかった少女に抱きしめられ、目から涙が溢《こぼ》れた。

「……殿下……なぜここに……」

「アリアスが願ったんです。戻ってって」

馬上の少年が、少女に代わっていつもの優しい声音《こわね》で答える。

ギャレットは滂沱《ぼうだ》の涙で顔を濡らしつつ、泣き震える少女をそっと抱きしめた。

☆

「小僧《こぞう》！　のこのこと戻ってくるとは、貴様はどうやら真正の阿呆《あほう》のようだな」

僕――カズマを睨《にら》んでいるソウザが吠《ほ》えた。

「僕なら問題ないよ。どんな状況に陥《おちい》ったとしても、切り抜けてみせるから！」

僕は落ち着き払って馬から下り、ソウザに自信たっぷりに言った。

「ふん！　大言壮語を！」

ソウザは吐《は》き捨てると、顔を歪《ゆが》めてさらに激しく僕を睨《にら》みつけた後、にやりと笑う。

「だが、まあいい。俺にとっては好都合だ」

ソウザはそこでまた長い舌をチロチロと出し、べろりとゆっくり舌舐《したな》めずりをするや、これまでのことでも思い出したのか、突然激昂《げきこう》した。

「貴様はここでっ！　この俺様がっ！　必ず地獄に突き落としてやるわ！」

そして、槍を前に突き出した。

「喰らえっー！　黒風糜爛！」

ソウザが黒風糜爛を発動させた。

黒い渦が瞬《また》く間に僕の目の前に現出する。

その中では、黒い蛇が無数に気味悪く蠢《うごめ》いている。

僕はゆっくりと穂先《ほさき》が三叉《みつまた》に分かれた蒼龍槍を後ろに引いて構えると、今にも襲いかかってきそうな黒蛇の群れを睨《にら》みつけた。

「僕はお前なんかには負けない！　そっちこそ喰らえっ！　風刃燕翔波ー！」

僕は蒼龍槍を力いっぱい前に振った。

穂先《ほさき》から、白き燕《つばめ》が飛翔する。

白燕は黒蛇をものともせずに切り裂くと、黒き渦まで吹き飛ばした。

「なっ！　ば、馬鹿な！　なんだそれは！」

ソウザが驚き叫《さけ》んだ。

「僕の新たな技、風刃燕翔波だ。思い知ったか！」

だが、ソウザは驚きつつも、まだ戦意は旺盛《おうせい》であった。

「うぬぬぬ……新技だと！　生意気な！」

ソウザは再び槍を構え、穂先《ほさき》を僕に向けた。

「先ほどのはどうせまぐれ当たりだ。今度こそ……喰らえ、黒風糜爛！」

ソウザはまたも黒風糜爛を展開しようとした。

僕はそれを待って、ゆっくりと槍を後ろに引いた。

そして黒い渦の中から黒蛇が顔を出したタイミングで、再び白燕を飛ばす。

「行くぞ！　風刃燕翔波！」

僕は叫《さけ》ぶと同時に、槍を横に振るった。

先ほどよりも一回り大きい白燕が、空気を切り裂き飛翔する。

白燕は一直線に飛んで蠢《うごめ》く黒蛇をズタズタにすると、黒き渦をも一瞬で吹き飛ばした。

さらには、その後ろにいたソウザの右の肩口までをもざっくりと切り裂く。

ソウザは右肩を切られたことで、槍を地面に落とした。

「くっ！　……くそ……この……小僧《こぞう》が……」

ソウザは痛みに耐えかねてか、ガクッと膝をつき、左手で右肩をかばうようにして、悔《くや》しそうに歯噛《はが》みした。

僕は勝負あったとばかりに顎《あご》を上げ、ひざまずくソウザを見下ろした。

「これで最後だ。覚悟しろ！」

僕は蒼龍槍を構えた。

ソウザは、僕を視線で射殺そうとするかのごとく睨《にら》みつけた。

だがそのとき、突然彼の口の端がくいっと上がった。

嫌な予感が僕を襲う。

ソウザはニターッと嫌らしい笑みを浮かべる。

「どうやらまだ、俺様の命運は、尽きてはいないようだぜ」

ソウザの視線は、僕の背後に向いている。

そのとき、そちらから多くの馬の足音が響いてきた。

僕は嫌な予感を胸に、ゆっくりと振り向いた。

そこには、黒鎧と、その下に金糸で彩られた黒服を着込んだ壮麗な騎馬隊が迫っており、先頭にはあの漆黒《しっこく》騎士が威風堂々と馬を駆っていた。

「……カイゼル・グリンワルド……」

カイゼルは僕の近くまで馬を寄せると、ひらりと軽快に地面へ下り立った。

そして、悠然とした動きで、僕に近づいてくる。

僕はその間、カイゼルをつぶさに観察した。

僕が蒼龍槍で貫いた下腹部をかばっている様子はない。

怪我《けが》が治ったのか？

治癒《ちゆ》魔法によるものだろうか？
いや、それよりも、以前とはどうも様子が違う。
上手くは言えないけど、何やら別人のようにも感じられる。
もしかして兜《かぶと》の下は別人なのか？
違う。カイゼルはカイゼルだ。
だが何かが変わった……けれど、その何かが僕にはわからなかった。
カイゼルが僕の目の前で立ち止まった。
しかし、口を開くでもなく、無言で僕を見ている。
バイザーの奥の目が、仄暗《ほのぐら》い。
なんだろう、この感じ……嫌だ。
僕の額から、ツーッと一筋の汗が滴《したた》り落ちた。
眉根《まゆね》から鼻筋を通り、口元へ流れていく。
汗が唇《くちびる》を濡らした瞬間、僕は喉《のど》がカラカラに渇《かわ》いていることに気づいた。
思わず、ごくりとつばを飲み込んだ。
どうやら、僕は緊張しているようだ。
確かに、カイゼルの威圧感は相変わらず凄《すご》い。
でも、僕はそのカイゼルに以前、勝っている。

だから、本来緊張する相手ではないはずだ。

なのに、なぜ僕は今緊張しているのか。

それは、以前のカイゼルとは異なる何かを感じ取っているからだ。

僕は再び、カイゼルの仄暗《ほのぐら》く落ちくぼんだ目をじっと見つめた。

読み取れるものは何もない。

相変わらずカイゼルは僕を見つめるだけで、一言も発しない。

僕はさすがに耐えきれずに口を開いた。

「怪我《けが》は治ったの？」

僕に以前やられたことをあえて想起させようと思って言ったものの、カイゼルはまったく反応することがなかった。

不気味《ぶきみ》だ……いい加減、何か話してくれないかな……

僕が途方に暮れていると、突然カイゼルの左目がぐるんとひっくり返った。

僕はあまりのことに、我が目を疑った。

カイゼルの左目は先ほどの仄暗《ほのぐら》いものから一変、何かの紋章が刻まれていた。

僕がその奇妙な紋章を覗《のぞ》き込んでいると、カイゼルの口が突然開かれた。

「……お前がやつの新しいおもちゃか？」

なんだって？

おもちゃって言ったのか？

やつのおもちゃ……やつって誰だ？

僕が言葉の真意を測りかねていると、カイゼルがバイザーの奥でにやりと悪魔的な笑みを浮かべる。

「おもしろい……やつのおもちゃがどの程度の実力なのか、とくと見せてもらおうではないか」

そして、腰の大剣をゆっくり抜き放つと、腕を振り上げて大上段に構える。

僕は最大限の警戒をしつつ、その動作をじっくりと見つめた。

気をつけろ！

僕の本能がそう告げている。

このカイゼルは、以前のカイゼルとは別物だ。

バイザーの奥の目に刻まれた紋章が、突如としてまばゆく輝いた。

「うっ！」

僕は一瞬、輝きに目がくらんだ。

すると、その隙《すき》をつくかのように、カイゼルが大剣を大上段から振り下ろした。

空気を斬り裂き、大剣が一瞬で僕の頭上に迫りくる。

「くっ！」

僕はなんとか身体を後ろに反らして、凄《すさ》まじい斬撃を躱《かわ》した。

だが、カイゼルはその振り下ろした大剣を、今度は下段から力任せに振り上げる。

大剣は空気を震わせながら、僕の胴を両断しようと逆袈裟《ぎゃくけさ》に斬り上げてくる。

「ぐっ！」

僕は、後ろに向かって跳《と》ぶことで、これもなんとか躱《かわ》した……と思った。

しかし、そうではなかった。

僕が剣を躱《かわ》したと思ったとき、カイゼルの剣先からつむじ風が巻き起こった。

つむじ風は白刃となって、跳《と》んでいる僕の胸を切り裂き、中空に鮮血が飛び散った。

「なっ！」

僕は驚きながらもなんとか着地をすると、カイゼルを睨《にら》みつけた。

「何をしたっ！」

「お前と同じさ。なんと言ったか？　風刃……なんだったかな？」

カイゼルは悪魔的な微笑を浮かべた。

「風刃燕翔波だ！」

「そう。それさ。それと同じものをやらせてみた。だがなかなか難しいものだな。一振り目で出ていれば、お前の顔を切り裂けたものを」

今なんと言った？

やらせてみた？

やってみたではなく、やらせてみた？

となると、こいつはカイゼルの身体を乗っ取っている誰かということか？

それに、もう一つ気になることがある。

「風刃燕翔波は、まだあなたの前ではやってないはずだけど」

カイゼルがにやりと不気味《ぶきみ》に笑った。

「そうだな。この男の前ではまだしていなかったな」

やはりだ。こいつは別の誰かだ。

何者かがカイゼルの身体を乗っ取っているんだ。

僕はそう確信すると、単刀直入に問いかけた。

「お前は何者だ。お前はカイゼルではない。そうだろう？」

すると、カイゼル麾下《きか》の騎士たちがざわめいた。

どうやら気づいていなかったらしい。

僕は騎士たちに向かって言った。

「こいつはカイゼルじゃない。何者かがカイゼルの身体を乗っ取っているんだ！」

馬上の騎士たちはうろたえた様子で、互いに何やら話し合いはじめている。

だが、カイゼルは騎士たちに構うことなく、僕に向かってまたもにやりと笑みを見せた。

「乗っ取った？　そうではない。この男が望んだことだ」

僕は思わずぎゅっと眉根《まゆね》を寄せた。

「乗っ取られることを望む者などいるものか！」

「だから言っている。乗っ取ったわけではないと。言ってみれば共生よ」

共生？　なんだそれは。

「この男はまだ心内で戦っておる最中でな。ゆえに表にはまだ出てこれん。だから、わたしがお前の相手をしているのだよ」

カイゼルを乗っ取った者は、低くくぐもった声で笑った。

「お前は何者だ？」

僕はもう一度、カイゼルの皮を被《かぶ》った何者かに問うた。

するとバイザーの奥で紋章が煌《きら》めき、静かな声で名乗りを上げる。

「我が名はローガン。いにしえの魔導師よ」

ローガン……いにしえの魔導師……

「いにしえの魔導師というのはどういう意味？　現代の魔導師じゃないってこと？」

僕は単刀直入に問いかけた。

ローガンは愉快そうに大きな笑い声を上げた。

腹の立つ声だ。声は確かにカイゼルのものなのに。

「僕は何か変なことを言ったのかな？」

ローガンは笑いを収め、とはいえ口元の嫌な笑みはそのままだった。

「いいや、変なことなど言ってはおらん。それどころか正解だ。わたしは現代を生きる魔導師にあらず。過去に生きる者なのだからな」

僕はローガンの言葉の意味を考えたが、まったく訳がわからなかった。

「お前の言っていることは、僕にはよくわからない」

眉根《まゆね》を寄せてそう言ったあとで続ける。

「だがお前が誰であろうと、僕らの行く手を遮《さえぎ》るならば倒すまでだ！」

そして、蒼龍槍をカイゼル――いや、ローガンに向けて構えた。

「いいだろう。こちらももとよりそのつもりだ」

ローガンはゆっくりと大剣を天に向かって振り上げ、大上段の構えを取り――

「さあ、お前の力を見せてくれ」

――大剣を振り下ろした。

大剣が空気を斬り裂き、僕の頭上を襲う。

さっきみたいな躱《かわ》し方では、今度はまずい！

僕は咄嗟《とっさ》に身体を半身《はんみ》にして、ローガンの剣を躱《かわ》した。

すると案の定、剣先から白刃が放たれた。

白刃は大気を切り裂くだけでは飽《あ》き足らず、大地に深々と裂け目を作った。

凄《すご》い威力だ。
だが今度はこっちの番だ。
僕は半身《はんみ》になる際に引いた腕を、勢いよく前へと送り出した。
蒼龍槍が前に振られる。
その穂先《ほさき》から、白い燕《つばめ》が勢いよく飛び立った。
白燕が大きな翼を広げてローガンに迫る。
刹那《せつな》、ローガンがゆらりと揺《ゆ》らめいた。
そこを白燕が襲いかかる。
揺《ゆ》らめくローガンを、白燕が真っ二つに切り裂いた。
だが――
あれは残像だ！
ローガンは一瞬のうちに消え失せていた。
あまりに動きが速い！
驚いた僕は、ローガンの行方《ゆくえ》を目で追った。
しかし、どこにも見当たらない。
そのとき、僕の背筋を悪寒《おかん》が走った。
後ろだ！

僕は左に向かって力いっぱい跳《と》んだ。

一瞬前に僕のいた地面が真っ二つに裂けた。

僕は地面に膝を突いて着地するや、身体を反転させてローガンの姿を探した。

だが、もうすでにローガンの姿はなかった。

まずい！

いくら僕でも、敵の姿が見えないのでは反撃の仕様がない。

そのとき、再び悪寒《おかん》が走った。

「くっ！」

僕は思わずうめき声を上げながら、またも左へ跳《と》んだ。

大地が真一文字に切り裂かれる。

まずい……このままでは……

僕はそう思いつつも、まずは敵の攻撃を躱《かわ》すべく、その後も何度も跳《と》びまくる。

でも、敵の姿がどうしても見えない。

僕はキョロキョロと視線をあちこちに送って、ローガンを探した。

けれど、一向にローガンは姿を現さず、どこからともなく斬撃を繰《く》り出してくる。

僕は、体操選手の床演技のごときアクロバティックな動きで、斬撃を躱《かわ》し続ける。

その間にも、ローガンの白刃に切り裂かれた僕の胸元からは、夥《おびただ》しい血が流れ続けている。

加えて、激しい動きで体力もだいぶ失いつつある。

まだか……まだ見えないか。

すると、そうこうするうちに、ようやく微《かす》かに敵の姿が見えてきた。

動体視力が、敵の姿を捉えられるまでにレベルアップしたか。

僕はようやく訪れたチャンスに、さらによく目を凝《こ》らした。

あれかっ！

僕の視界の端に、漆黒《しっこく》の何かが飛び込んできた。

だが――

くっ！

ローガンは、見えたかと思うと瞬《また》く間に残像を残して、煙《けむり》のごとく消え去った。

僕はすかさず地面を蹴って居場所を変えた。

刹那《せつな》、元いた場所がざっくりと削《けず》り取られた。

僕はこの追いかけっこに、とっくに飽《あ》き飽《あ》きしていた。

もう少しだ。もう少し動体視力がレベルアップすれば、きっとやつの姿を捉えられるはず。

それにしても、ローガンの斬撃の凄《すさ》まじさには驚くしかない。

放つたびに威力が増している。

ギャレットたちや帝国兵たちもその凄《すさ》まじさに慄《おのの》き、だいぶ距離を取っているようだ。

しかし、これはどういうことだろう。
もしかして、僕と同じか？
僕と同じようにレベルアップし続けているということだろうか？
僕は、いまだ姿を捉えることが叶《かな》わないローガンが放つ白刃を躱《かわ》し続けながら考えた。
いや、たぶん違うと思う。
ローガンは、先ほどカイゼルにやらせてみたと言っていた。
つまり、ローガンはカイゼルの肉体を操っているのだろう。
そして、慣れてきたため、威力が増したのではないか。
ならば、おそらく限界はある。
僕のように、どこまでも際限なく強くなれるわけじゃない。
だったら、まずはローガンの姿を捉えることだ。
そうすれば……
そのとき、またもローガンの姿を目の端に捉えた。
僕は今度こそ視界から逃さぬよう、集中力を極限まで高めて、じっと見つめた。
動く……右だ！
僕は首を横に動かし、必死にローガンの姿を視界に収める。
次は右か、左か、どっちだ？

いや、上だ！
僕は瞬時に上を見上げて、槍を右後ろに引いた。
来るっ！
「そこだっ！」
僕は上空から襲いくるローガンをめがけて、蒼龍槍を全力で振るった。
蒼龍槍の穂先《ほさき》から白燕が飛び立つ。
対するローガンの剣先からも、白刃が飛び出した。
二つの刃が空中でぶつかり、ともに四散した。
相撃ちか！
僕は振り切った槍を、反対方向に振るい、さらに力強い二撃目を放つ。
「喰らえっ！」
ローガンが着地する瞬間を狙い、再び白燕が凄《すさ》まじい勢いで飛び立つ。
今度のは、スピードも大きさも一回り上だ！
だが、ローガンも予想していたと言わんばかりに大剣を横に振るう。
またも、その大剣の先端から白刃が放たれた。
空中で二つの刃が激しく衝突する。
しかし、今回は先ほどと違い、ローガンの放った白刃のみが激しく空中で弾け飛んだ。

対して、僕の白燕は何事もなかったかのように空気を切り裂き、さらに突き進む。

そして――

白燕は、ローガンの纏《まと》う漆黒《しっこく》の鎧を存分に切り裂き、その胸元をざっくりと抉《えぐ》って、中空に激しい鮮血を舞い上がらせた。

僕はひとまず体勢を立て直すと、次の攻撃をいつでも繰《く》り出せるよう、蒼龍槍を構えた。

ローガンは愉快そうに口の端を歪《ゆが》めた。

「やるではないか。期待通り……いや、それ以上だ」

ローガンは胸元から噴き出す血飛沫《ちしぶき》など気にも留めずに、大いに笑った。

僕は薄気味悪く感じるも、気を抜くわけにはいかないと睨《にら》みつけた。

ここで、ローガンがようやく自分の血に気づいたのか、胸元を見下ろした。

「ふむ、これはまずいな。かなりの深手のようだ」

だが、ローガンの口元から笑みは消えていなかった。

彼は怪我《けが》の度合いを測るように胸元の傷口を確認していたが、ふいに視線を上げて僕を見る。

「仕方がない。今日のところはこれまでとしよう。この男はいまだ卵のようなもの。ここで死なすわけにはいかぬからな」

ローガンはそう言うと、血塗《ちまみ》れのまま踵《きびす》を返した。

僕は眉根《まゆね》をギュッと寄せ、思わずその背中に向かって叫《さけ》んだ。

「待てっ！　このまま黙っていかせると思っているのか！」

ローガンは歩みを止めず、振り向きもしないで答える。

「いいのかね？　見たところ、君の胸の怪我《けが》もかなりひどいのじゃないかな？　それに、だいぶ体力を削《けず》られたようだが、どうするのだ？　まだ残りの二万あまりの兵が君たちを囲んでいるぞ」

くっ！

確かに、ローガンの白刃を受けた僕の胸元からは、まだ血が激しく滴《したた》り落ちている。

体力がかなり削《けず》られたのも事実だ。

そして、僕が倒した帝国兵の数がまだ数千に過ぎないことも。

僕は先ほどまでかなり遠巻きだった帝国兵たちが、少しずつ囲みを小さくしていることに気づく。

僕とローガンの戦いが終わったことで、再び殲滅戦《せんめつせん》を開始しようと、手ぐすねを引いているらしい。

結局、ローガンが何食わぬ顔で、黒鎧の騎士たち——直属の部下であろう者たちのところへたどり着いた。

しかし、彼らはひどく戸惑《とまど》っているようだった。

それも当然だろう。

今のカイゼルはカイゼルではない。

いにしえの魔導師を名乗るローガンなのだ。

そのローガンがにやりと笑った。

「では、わたしは一旦《いったん》消えるとしよう。ほら、カイゼルの帰還だ。受け取れ」

次の瞬間、ローガンの身体が崩れ落ちた。

部下の面々は戸惑《とまど》いながらも、その身体を抱きかかえた。

彼らは口々に何かを言い合っていたが、すぐにローガン――いや、カイゼルの身体を抱え、取り囲む大軍勢をかき分け消えていった。

ふう……逃がしてしまった。

でも、あそこで追いかけていたら、おそらくローガンはカイゼルの身体のことなど気にすることなく戦っただろう。

そうなれば、その後の戦いがどうなったかわからない。

なぜなら、ローガンはあれでもカイゼルの身体を気遣って戦っていたと思われるからだ。

では、カイゼルのことなど考えずに戦ったらどうだったか。

それはやってみなければわからないことだが、おそらくはさっき以上の厳しい戦いになったと思う。

そうだとしたら、僕の身体はさらに傷つき、体力も遥《はる》かに削《けず》られたことだろう。

だから仕方がない。

ここは残る二万の帝国兵に、僕の残された力を傾けるとしよう。

僕は近づく帝国兵たちを威圧しつつ、アリアスやギャレットたちと合流しようと傷ついた身体に鞭《むち》を打ち、一歩足を踏み出した。

☆

合流を果たした僕らは、再び夥《おびただ》しい数の帝国兵たちと対峙する。

残る兵数、実に二万あまり。

あれだけ蒼龍槍を振るっても、あれだけ白燕を飛ばしても、まだ数千しか倒せていないのだ。

しかも、ローガン戦において僕は傷を負い、体力もかなり削《けず》られてしまった。

でも、やるしかない。

なんとしても、この包囲網を突破するんだ。

そのために、まずは馬を奪わねばならない。

さすがに徒歩での突破は無理だ。

僕は威力の強い風刃燕翔波をわざと出さないように気をつけながら、馬上の騎士だけを蒼龍槍で突き落とすことで、次々に馬を手に入れていった。


「よし！　みんな乗れた？」

僕は自分も馬に跨《またが》り、アリアスを後ろに乗せると、皆を見回して確認を取った。

「おう！」

皆が一斉に応じた。

だが、ガッソの声が弱々しかった。

ソウザにやられた胸の傷が痛むのだろう。

苦痛に顔を歪《ゆが》めている。

アリアスが回復魔法をかけてくれたようだが、完全回復とまではいかないのだろう。

そういえば、ソウザは!?

僕は思い出したようにあたりを見回した。

しかし周囲のどこにも、ソウザの姿は見えなかった。

あの卑怯者《ひきょうもの》、ローガン戦のどさくさに紛《まぎ》れてまた逃げたか。

くそっ！

僕はソウザをまたも逃がしたことにかなり業腹《ごうはら》となるも、今はそれどころではないと思い直し、蒼龍槍を馬上で構えて叫《さけ》んだ。

「聞けっ！　帝国兵！　僕らの行く道を遮《さえぎ》る者は、何人《なんぴと》たりとも容赦《ようしゃ》はしない！　死にたくなければ、そこをどけっ！」

僕は叫《さけ》び終わると同時に馬腹を蹴った。

馬が勢いよく、遥《はる》か遠くに見えるシヴァールの関に向かって走り出した。
ギャレットたちも馬を駆り、僕のあとに続く。
どうやら、ガッソもちゃんとついてきているようだ。
僕はひとまずほっと胸を撫《な》で下ろした。
そんな僕の目の前を、夥《おびただ》しい数の帝国兵が立ち塞《ふさ》がる。
僕は彼らに対し、蒼龍槍を振るった。
白燕が翼を広げて中空を舞い、帝国兵を切り裂いていく。
だがその倒された兵の後ろから、次々と帝国兵が押し寄せてくる。
僕は二の矢、三の矢と、次々に白燕を飛び立たせる。
多くの帝国兵が断末魔の叫《さけ》び声《ごえ》を上げながら、次々と落馬していく。
それでも帝国兵は、欠けたその穴を埋《う》めようと、続々と押し寄せてくる。
きりがない。
僕は縦横無尽に蒼龍槍を振るいつつ、そう思った。
そのとき、激しく動いたためか、胸元の傷が開いた。
大量の血が噴き出す。
まずい……
この失血は明らかにまずい。

それに、体力が……

なおも、僕は無心に槍を振るい続け、帝国兵を蹴散らしながら、シヴァールの関を目指して平原を駆け抜けていく。

☆

僕らは帝国兵で立錐《りっすい》の余地もない平原を必死に駆け抜け、ようやくシヴァールの関まであと半分のところまでたどり着いた。

だが……

まずい。

血の気がどんどん引いていく。

胸の傷からは、どくどくと血が出続けている。

アリアスが途中で気づいて、必死に回復魔法をかけてくれているけど……

僕が激しく槍を振るっているせいで、どうしても傷口が塞《ふさ》がらないようだ。

だからといって、槍を振るうのをやめたらそこで終わりだ。

帝国兵は雪崩《なだれ》を打って僕らに襲いかかってくるだろう。

それをギャレットたちが防げるはずもない。

僕は血の気を失い、おそらく顔面蒼白となりながらも、蒼龍槍を振るい続けるしかなかった。

白燕が四方八方へと次々に飛び立ち、帝国兵をズタズタに切り裂いていく。

しかし、心なしかその大きさも、速度も落ちているように感じる。

いや、確実に落ちている。

よくよく見れば、初めのころとは大きさも速度もだいぶ違う。

レベルアップし続けるよりも、体力の落ち込みが上回っているんだ。

そのため、少しずつ大きく速くなるはずの白燕が、逆に少しずつ小さく遅くなっているんだ。

これはまずい。本当にまずい！

だけど、今更引き返すことなどできはしない。

そのとき、突然僕の身体がぐらついた。

慌《あわ》ててバランスを取ろうと手綱《たづな》を引く。

それに反応して、馬が急に止まろうと大地に脚を突っ張った。

蹄《ひづめ》で地面を激しく抉《えぐ》りつつ止まろうとする。

そこへ後続が迫った。

「殿下！」

すぐ後ろのギャレットが、手綱《たづな》を引いた。

だが、馬はすぐには止まれない。

ギャレットの馬は無情にも僕の馬に追突し、僕とアリアスは馬から投げ出されてしまった。

僕は空中を舞う中で必死に腕を伸ばした。

アリアス！

僕はアリアスの腕を必死に掴《つか》み、その身体を抱き寄せる。

そのままアリアスをかばうようにして、地面へと落下した。

「ぐっ！」

僕は背中から落ち、うめき声を上げた。

でも、僕の身体のことなんかより、大事なことがある。

「アリアス！　大丈夫かっ!?」

僕は上半身を起こして、アリアスの顔を覗《のぞ》き込んだ。

「……うん、大丈夫……」

アリアスは何が起こったかわからないといった表情をしながらも、静かにうなずいた。

僕がほっと胸を撫《な》で下ろしたのも束の間、帝国兵が目前に迫っていた。

僕は今、蒼龍槍を握っていない！

落馬する際に、アリアスを守るために手放してしまったのだ。

どこだ？　蒼龍槍はどこに？

あった！

でも遠い！

とてもじゃないけど、拾いに行ける距離じゃない。

そんなことをしている間に、帝国兵にやられてしまう。

ギャレットたちは……ダメだ！

皆、僕の落馬に巻き込まれて、地面に倒れ込んでいる。

まずい！

帝国兵の駆る馬が猛《たけ》り狂って迫っている。

万事休す！

僕がもはやこれまでかと諦《あきら》めかけたとき、後ろから一頭の馬が僕らを追い越し、帝国兵の馬を吹き飛ばした。
十、二十、五十、百。
さらに別の馬たちも次々と僕らの脇を抜けて、帝国兵へ果敢に突撃していく。

馬はどんどん増えていく。

なんだ？　援軍？　どこから？

僕が呆気《あっけ》に取られていると、一頭の馬が引き返してきた。

僕はついこの間まで一緒だったというのに、とても懐《なつ》かしくその馬に乗った男の顔を見た。

男は馬上で少しばかりはにかみつつも、人懐《ひとなつ》っこい笑顔を見せた。

「よう、どうやら間に合ったみたいだな」

いつぞや道を分かれて去っていったはずの、アルフレッド・バーンだ。

「……アルフレッド……」

僕とアリアスはほとんど同時に、彼の名を呼んだ。

「話はあとにしようぜ。今はとにかく、この包囲網を突破することだ！」

アルフレッドは、照れ臭そうに肩をすくめる。

僕はうなずき、素早く走って蒼龍槍を取りに行った。

そして再び蒼龍槍を握ると、アリアスとアルフレッドのもとへ戻った。

途中、ギャレットたちがなんとか起き上がってきたが、困ったことに全員が馬を失っている。

「また馬を手に入れなくちゃ！」

僕は周りを見回すが、アルフレッドの率いる部隊が帝国兵を押し込んだため、敵兵の姿が見当たらなかった。

するとアルフレッドが、焦《あせ》る僕に笑みを浮かべた。

「カズマ、大丈夫だ」

そう言うと、親指を立てて後ろを指し示す。

そこには、馬に乗ったバーン商会の人間が二十人ほど、いつの間にやら戻ってきていた。

「みんな、こいつらの後ろに乗れ。ガッソ、大丈夫か？」

アルフレッドはガッソが重傷を負っていることに気づき、声をかけた。

ガッソは苦しそうな表情ながら、口元に笑みを作った。

「もちろん大丈夫でさあ……それより、あっしはきっと戻ってきてくれると信じてましたぜ」

アルフレッドはまたも肩をすくめ、口の端を曲げた。

「ふん！　とにかく早く乗れ。勢いで敵陣に突っ込んだはいいが、どうせすぐに押し返される。何せ、まだ敵は山ほどいるんだからな」

ガッソはそれ以上何も言わず、嬉しそうな顔をして同輩の後ろに乗った。

アルフレッドはガッソが乗ったのを確かめると、一人の配下に指示を出す。

「カズマをお前の前に乗せてやってくれ」

配下の男はうなずくと、手綱《たづな》を操って僕の前に来た。

「カズマ、そいつはロッドと言って、腕利きの治癒《ちゆ》魔法使いだ。そいつとともに馬に乗り、治療《ちりょう》を受けながら戦ってくれ」

ロッドは笑みを浮かべて、僕に会釈《えしゃく》した。

「ロッドです。どうぞわたしの前に乗ってください」

僕はうなずくと、馬のお尻《しり》の方にずれたロッドの前に、勢いよく乗った。

そして、振り返って彼の顔を見る。

「カズマです。よろしくお願いします」

ロッドは微笑《ほほえ》み、すぐに後ろから僕の胸に手を回した。

すると、ロッドの手から緑色のあたたかな光が発せられ、僕の傷ついた胸を優しく照らした。

「かなり深い傷のようですので少し時間はかかりますが、必ず治してみせます」

僕はうなずいた。

そのとき、アルフレッドがアリアスに右手を差し出しているのが見えた。

アリアスは躊躇《ちゅうちょ》しているようだ。

僕はそこでアリアスに向かって声をかけた。

「アリアス！　アルフレッドの手を取って！」

彼女は僕の声に押されて、アルフレッドの手を取った。

アルフレッドはその手をしっかり握りしめると、アリアスの身体を引き上げて後ろに乗せる。

僕はアリアスがちゃんと馬に乗ったのを確認してから、大きく息を吸い込み、一旦《いったん》呼吸を止めた。

そして、吸い込んだ酸素を全身で取り込んだ感覚を得ると、一気に全部吐《は》き出した。

「皆、準備はできた？」

「おうよ！　いつでもいいぜ！」

僕の言葉にアルフレッドが応じる。

ギャレットたちも一斉にうなずいた。

僕はみんなの顔を見回してうなずき返すと、力強く馬腹を蹴った。

「よし！　行くよっ！」

馬が応じ、大地を蹴って勢いよく駆け出す。

僕のすぐあとをアルフレッドが続く。

さらに、ギャレットたちを乗せた馬たちも付き従う。

僕はそこで姿勢を低くし、手綱《たづな》を強くしごいた。

馬の速度が上がった。

どんどんどんどん上がっていく。

そうして僕らは、すでにアルフレッドの部下たちが突っ込んだところへ、突撃を仕かけようとする。

「全部で何人いるの？」

僕はすぐ後ろのアルフレッドに、馬を駆りながら問いかけた。

「八百だ。ガッソが商会に連絡を入れておいてくれたおかげで集まった連中だ。二万を相手にするにはだいぶ少ないが、中身はバーン商会きっての精鋭だ。多少は頼りにしてくれていいぜ」

僕はうなずいた。

充分だ。

僕らが立て直す時間を与えてくれたんだから。

僕はそこで胸の傷口をそっと見た。

もう血は噴き出していない。痛みも和《やわ》らいでいるようだ。

いける。

これなら問題なくいける。

僕は戦う気力を取り戻し、馬を駆って突撃を敢行《かんこう》した。

——見えたっ！

先行しているバーン商会の精鋭部隊の最後尾だ。

そのとき、アルフレッドが鳴らす指笛《ゆびぶえ》が平原に高らかに鳴り響いた。

それに呼応して、部隊が左右に分かれ、突然道が開けた。

「行っけえーー！」

僕は叫《さけ》びながら分かたれた道を駆け抜け、帝国兵が蠢《うごめ》く前線へと躍《おど》り出た。

僕の振るう蒼龍槍が空気を切り裂き、その三叉《みつまた》に分かれた穂先《ほさき》から、白く巨大な燕《つばめ》がなんと三羽一斉に飛び立った。

三羽の白燕は自ら意思を持ったかのように三方向に分かれ、それぞれが帝国兵を切り刻んでいく。

僕は自らが繰《く》り出した技に驚きつつも、すぐに次の手を放つべく、腕を左後方に引いた。

そして充分に引き切ったところで、蒼龍槍を振るった。

再び三羽の白い燕《つばめ》が三叉《みつまた》の穂先《ほさき》から飛び立った。

一羽は真正面に、もう二羽はそれぞれ左右に四十五度の角度で飛翔し、帝国軍をズタズタに切り裂いた。

すると、最強を誇るグリンワルド師団がうろたえた。

それも当然のことだろう。

一振りで三方向の味方がどんどん倒れていくのだ。

しかも、師団長であるカイゼル・グリンワルドの姿は、すでにこの戦場にはない。

グリンワルド師団は、ついにその勢いが潰《つい》えた。

そうなれば、この後は僕の独擅場《どくせんじょう》だ。

誰にも止められない――

僕らはこうして平原を駆け抜け、ついにオルダナ王国へと続くシヴァールの関を通り抜けた。

☆

「カズマ・ナカミチ殿！」

名前を呼ばれた僕は、少々ぎこちない歩きで居並ぶ諸将の間を通り、美しいステンドグラスに彩られた大聖堂の中央祭壇へと進んでいった。

祭壇のすぐ手前には、すでに表彰を受けたギャレットやアルフレッド、包帯姿が痛々しいガッソや、後からたどり着いたメルアたち侍女や護衛隊員の姿もあった。

そして祭壇の上には、オルダナ王国の国王や王妃とともに、美しいドレスを身に纏《まと》い、光り輝く見事なティアラをつけたアリアス王女の姿があった。

僕はかなり緊張しつつ中央祭壇へと至る階段を上り、アリアスの前にたどり着いた。

見上げると、アリアスがあたたかく微笑《ほほえ》んでいる。

その後ろに立つオルダナ王と王妃にも笑みが浮かんでいた。

僕も思わず微笑《ほほえ》んだ。

だが、そのあと何をしてよいのかわからなくなり、ちょっともじもじしてしまった。

「大丈夫よ、安心して。あなたは英雄なんだから、胸を張って堂々としていればいいの」

僕は英雄と言われて少し照れ臭かったものの、アリアスの言う通り胸を張った。

しかし、胸を反りすぎたのか、国王たちにくすりと笑われた。

僕は慌《あわ》てて、胸を軽く反らす程度にまで背筋を伸ばした。

「カズマ、本当にありがとう。あなたがいなかったら、わたしは絶対にここへはたどり着けなかったわ。あなたと出会えて、本当によかった。そして、あなたが優しい人で本当によかった。何度でも言うわね。ありがとう、カズマ。本当にありがとう」

アリアスの目にはうっすらと涙が浮かんでいた。

僕はそれを見て、こちらの世界に転移した日からのことを思い起こした。

色んなことがあった。

楽しいこともあれば、苦しいことも。

でもとりあえず、これで一つの区切りがついた。

アリアスをこうしてオルダナ王国へと送り届けることができたからだ。

この後どうするかなんて考えていない。

今はただ、この栄誉を受け取るとしよう。

英雄なんてこそばゆいけど、アリアスの騎士になるのは悪くない。

僕はそこで事前に言われていた儀式の手順を思い出し、その場に片膝をつく。

アリアスはそばに控《ひか》えていた侍従から一振りの剣を受け取り、僕の肩にそっと剣先を当てる。

大聖堂に割れんばかりの拍手が巻き起こった。

僕はその拍手を聞きながら、ゆっくりと立ち上がった。

すると、アリアスが僕に顔を寄せ、そっと小さな声で耳打ちした。

「これからも、わたしのことを護《まも》ってね」

僕は笑みを浮かべてうなずいた。

だが、まだ儀式は終わっていない。

アリアスの騎士となる儀式の次は、英雄として叙《じょ》せられる番だ。

僕はやっぱり英雄なんて柄《がら》じゃないなと思いつつも、受けないわけにもいかないらしく、所在なげに待った。

やがて、アリアスが大きくて幅広の重そうな、頸飾型《けいしょくがた》の勲章《くんしょう》を侍従から受け取る。僕は物凄《ものすご》く大《おお》仰《ぎょう》だなと考えながら、アリアスに対して首を差し出した。

アリアスは手慣れた様子ですっと勲章《くんしょう》を僕の首に通した。

想像通り、ずしりと重い。

僕が顔を上げてアリアスを見ると、目で何やら合図を送ってきた。

僕はなんの合図だろうかと首を軽く傾《かし》げたところで、思い出した。

そうだった。勲章《くんしょう》を首にかけられたら、皆に向かって振り向くんだった。

僕は、ゆっくりと振り返った。

その途端、大聖堂を揺《ゆ》るがさんばかりの万雷の拍手と歓声が上がった。

僕が驚き戸惑《とまど》い、振り返ると、またアリアスが笑っていた。

そうか。

それならいいか。

アリアスが笑っているなら。

僕はそう思い、再び皆の方を向いた。

またも大きな拍手と歓声が、僕をあたたかく迎えてくれた。

僕は少しほっこりして、祭壇の下に視線を移した。

泣きじゃくりながらも笑おうとするギャレットや、斜に構えつつも笑みを湛《たた》えたアルフレッド。

痛そうではあるがやはり笑みを浮かべているガッソや、これ以上ないくらいの満面の笑みを見せるメルアたち。

他にも見知った者たちの笑顔が溢《あふ》れていた。

僕はようやく誇らしい気分になって少しだけ胸を張った。

うん。いいことをした。

このあとも、たぶん王国再建とかで忙しくなりそうだけど、とりあえずはよかった。

僕はいつまでも鳴りやまぬ拍手と歓声を聞きながら、満足した気分に浸りつつ笑みを浮かべた。

月が導く異世界道中
Tsukiga Michibiku Isekai Dochu
あずみ圭
Azumi Kei
1~18
8.5
シリーズ累計
350万部
(電子含む)
の超人気作!
TVアニメ 第2期
2024年1月から
2クール
放送決定!
月が導く異世界道中
あずみ圭
薄幸系男子の成り上がりファンタジー、開幕!
なんでだろう親の都合で異世界へ
第5回アルファポリスファンタジー小説大賞読者賞受賞作!
待望の書籍化!
異世界へと召喚された平凡な高校生、深澄真。彼は女神に「顔が不細工」と罵られ、問答無用で最果ての荒野に飛ばされてしまう。人の温もりを求めて彷徨う真だが、仲間になった美女達は、元竜と元蜘蛛!? とことん不運、されどチートな真の異世界珍道中が始まった!
月が導く異世界道中
1
あずみ圭
木野コトラ
とことん不運、されどチート!!
2期までに
原作シリーズもチェック!
●各定価：1320円（10%税込）
●illustration：マツモトミツアキ
1~18巻好評発売中!!
漫画：木野コトラ
●各定価：748円（10%税込）●B6判
コミックス1~12巻好評発売中!

サラリーマンの福《ふく》菅《す》健《けん》吾《ご》――ケンゴは、高校生達とともに異世界転移した後、スキルが『言語理解』しかないことを理由に誰一人帰ってこない『奈落』に追放されてしまう。そんな彼だったが、転移先の部屋で天井に刻まれた未知の文字を読み解くと――古より眠っていた巨大な船を手に入れることに成功する！　そしてケンゴは船に搭載された超技術を駆使して、自由で豪快な異世界旅を始める。

●各定価：1320円（10%税込）　●illustration：片瀬ぼの

異世界に
射出された俺、『大地の力』で
快適森暮らし
始めます！
著 らもえ
『大地の力』で
何でもサクサク
創造しちゃいます！
理不尽に飛ばされた異世界で……
愉快な人外たちと
悠々自適な
DIYライフ!!
神を自称する男に異世界へ射出された俺、杉浦耕平。もらったスキルは『異言語理解』と『簡易鑑定』だけ。だが、そんな状況を見かねたお地蔵様から、『大地の力』というレアスキルを追加で授かることに。木や石から快適なマイホームを作ったり、強力なゴーレムを作って仲間にしたりと異世界でのサバイバルは思っていたより順調!? 次第に増えていく愉快な人外たちと一緒に、俺は森で異世界ライフを謳歌するぞ!
◎定価：1320円（10%税込） ◎ISBN 978-4-434-32310-2 ◎illustration：コダケ
異世界に射出された俺、『大地の力』で快適森暮らし始めます！
著 らもえ
理不尽に飛ばされた異世界で……
アルファポリス
『大地の力』で何でもサクサク創造しちゃいます！
愉快な人外たちと
悠々自適な
DIYライフ!!